その王妃は異邦人
~東方妃婚姻譚~
著 sasasa
絵 ゆき哉

人物紹介

雪麗《シュエ・リー》（シュリー）

東方の帝国、釧《セン》の姫君。
レイモンドとの政略結婚を目的に遣わされた。
釧《セン》国《こく》皇帝《こうてい》雲景帝《うんけいてい》雪龍峰《シュエ・ロンファン》の三女で朝陽公主の位を賜る。
字《あざな》は紫蘭《ズーラン》、アストラダム王国では
セリカ王妃と呼ばれる。

レイモンド

急逝した前国王の代わりにアストラダム王国国王として若くして即位する。
政敵である公爵の企みにより、異邦人を王妃として迎えることになり、
シュリーとはその際の政略結婚の相手として出会う。

「好男人啊《いい男ね》」

「なに？」

「私が、貴方様を名実共に
この国の真の国王にして差し上げます。
誰もが貴方様に跪き、
何人たりとも貴方様の権威を
貶めることなど出来ぬよう、徹底的に」

「そなたは私の妻だ。
私はそなたの全てを受け入れる」

CONTENTS

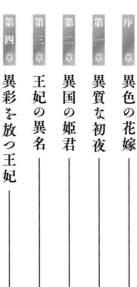

その王妃は異邦人

～東方妃婚姻譚～

著 sasasa
絵 ゆき哉

序章　異色の花嫁

国王として即位したばかりのレイモンド二世は、婚姻式の場に現れた花嫁を見て目を見開いた。

鮮やかな赤い異国の衣装に身を包みやって来たのは、遥か東方の大国、釧《セン》の姫君だという。しかしその姿は、顔どころか上半身の殆《ほとん》どが頭から被った巨大な赤い布に覆《おお》われており、花嫁と言うよりは動く赤い布の塊だった。

見方を変えれば花嫁のヴェールに見えなくもないが、それにしても赤い。赤過ぎる。全身真《ま》っ赤《か》な上に、金の装飾がギラギラと派手だ。動く度に金属が擦《す》れ、シャラン、シャランと音まで鳴っている。純白のウェディングドレスを纏《まと》う清純な花嫁を想像していたレイモンドが固まるのも無理はなかった。

政敵である公爵の企《たくら》みにより、異邦人を王妃にすることになってしまったレイモンド。

急逝《きゅうせい》した父に代わり慌ただしく即位したレイモンドは、政権を恣《ほしいまま》にする貴族派の思惑《おもわく》にまんまと嵌《はま》り、国交の為という大義名分の元、言葉も文化も違う東方の姫君を正妃として迎えることになってしまった。

東方人を野蛮人と見下す貴族達の、好奇と蔑《さげす》みの視線を一身に受けながらも、レイモンドは国王らしく堂々と異国の赤尽《づ》くめの姫君を待った。

レイモンドの隣まで来た姫は、目が痛くなるほど真っ赤な布の間から、白魚のような細い指を差し出した。指先に不思議な爪《つめ》の形の装飾品と手首には腕環を付けているが、取《と》り敢《あ》えずちゃんとした人間の手であることにホッとしたレイモンドは、その手を取る。

そうして貴族達の嘲笑と侮蔑の視線に耐えながら、式は恙《つつが》無く進んだ。

と、思いきや。神父から誓いのキスを促され、花嫁のヴェールを上げようと手を伸ばしたところで、釧国側の使節団から何やら怒号が上がった。

「陛下、釧の文化では、花嫁のヴェールは初夜の寝台の上で初めて取るそうです。それまでは誰《だれ》の目にも花嫁の素顔を晒《さら》さないのが決まりなのだとか」

「なっ……!?」

釧国人を宥《なだ》めた通訳が汗を垂らしながら発したその言葉に、見物していた貴族達の間から驚きと蔑みの野次が飛ぶ。

「なんと無礼な!」

「下品な衣装で登場したばかりか、婚姻式で顔も見せないのか?」

「これだから野蛮人は」

「醜い顔を晒《さら》せないだけであろう!」

手を上げて貴族達を黙らせたレイモンドは、改めて目の前の小柄な赤い塊を見た。

神の御前で誓いのキスもなく、果たして婚姻が成立すると言えるのだろうか。しかし、その小さな体や赤い袖《そで》の間から見える細い手を見ていると、こちらの文化ばかりを押し付けるのも悪い気がしてきた。

折衷案《せっちゅう》としてレイモンドは、その白い手を取りそっと口付けを落とした。

「……っ」

赤い布の下から、小さく息を呑《の》む音が聞こえ、少しだけ可愛《かわい》いなと思ったのも束の間、レイモンドは、装飾品に覆われた彼女の手の薬指と小指の爪が異常に長いことに気付く。

「………」

見なかったことにしたレイモンドは神父に目で合図を送り、頷《うなず》いた神父の言葉によって、国王レイモンド二世と異国の姫君との異例の婚姻が成立したのだった。

第一章 異質な初夜

「これを、どうすると……？」

レイモンドは、渡された煌《きらび》やかな棒を手に立ち尽くしていた。

「布、トル。これ、使う」

片言の異国人に初夜の作法の説明をされながら、レイモンドは棒の先を正妃となった女性へと向けた。

「これで、あのヴェールを取ればいいのか？」

「そう。で、お酒。一緒に呑《の》むヨ。それから夫婦なるネ」

テーブルには、陶器の小さな器が二つ。そこに水のような透明な酒を注《そそ》ぎ、レイモンドに説明していた小太りの釧《セン》国人は部屋を出て行った。

「……私はいったい何をしているんだ」

額を押さえつつも、レイモンドは天蓋《てんがい》付きのベッドにちょこんと座る花嫁へと近寄った。真っ白なシーツの上に乗る真《ま》っ赤《か》な衣装はどこか不釣り合いで、よく分からない棒を手に花嫁の待つベッドへ向かう自分を想像すると、あまりにも滑稽《こっけい》で現実逃避をしたくなる程だった。

「あー……、失礼する」

一応声を掛けて、渡された棒でゆっくりと花嫁のヴェールを引っ掛けて落としたレイモンドは、花嫁の顔を見て思わず息を呑んだ。

真っ赤な衣装によく映える、白い肌と黒い艶《つや》髪。目尻に紅を差したその瞳《ひとみ》もまた夜闇《やみ》のように黒く、強い眼差《まなざ》しでレイモンドを見上げていた。

東洋のエキゾチックで鮮やかな色彩の中で、今までレイモンドが見てきたどんな美女よりも美しい顔立ちの少女は、レイモンドの顔を見るとその蠱惑《こわく》的な薄い唇を笑みの形に変えた。

強烈な美貌に、レイモンドが放心したのも束の間。

「好男人啊《いいおとこね》」

「なに？」

舌を噛《か》みそうな異国の言葉で何かを呟《つぶや》いた花嫁が、テーブルの上の酒を取り、片方をレイモンドへと差し出した。

「……呑めと言うのだな？」

素直に受け取ったレイモンドが杯を口元に持っていくと、花嫁は急にその手を摑《つか》んで引き留めた。

「なんだ、呑むのではないのか？」

異国の作法など分からず困り果てたレイモンドへ向けて、花嫁は美しく微笑《ほほえ》んだ。真っ赤な紅を差した唇の間から、白い歯が見える。

そのまま花嫁は、レイモンドの手に手を絡《から》めて引き寄せ、その杯から酒を啜《すす》った。目を見開いたレイモンドを見つめながら、花嫁はゴクンと酒を呑み込《こ》み、上目遣《うわめづか》いに新郎を見上げる。

知らず、レイモンドの喉《のど》が鳴る。この世のものとは思えぬ美しい顔立ち、小柄で華奢《きゃしゃ》な体軀《たいく》。西洋人とは違う、黒く重たい艶髪。大きく開いた胸元《むなもと》から見える白く滑《すべ》らかな柔肌。言葉の通じぬ花嫁から発せられる、その妖艶さに当てられたレイモンドが我に返るのと同時に。

グッと、レイモンドの口元へ、花嫁の持った杯が押し付けられ、反射的に口を開けたレイモンドは、思いの外《ほか》強い酒に咽《む》せた。

「ゲホッ、ゴホッ、何だこれは！　水のように透明なのに、何故《なぜ》こんなに強いのだ⁉」

次から次へと津波のように押し寄せてくる驚きに辟易《へきえき》しつつあったレイモンドは、次の瞬間、更なる驚きに見舞われた。

花嫁の両腕が、するりとレイモンドの首に回され、頬《ほお》に柔らかな感触が触れる。

それが彼女の赤い唇だと気付いたレイモンドは顔を赤らめて、絶句しながら花嫁を見た。すると至近距離の花嫁から甘く華やかで神秘的な香りがレイモンドに届き、美しい顔と伏せられた流し目から醸し出される異国の姫の不思議な色気も相まって、レイモンドは眩暈がした。

ドクンドクンと痛い程に波打つ心臓。初めて口にした異国の酒に悪酔いしたせいだと己《おのれ》を奮い立たせたレイモンドが、花嫁の腕を解《ほど》こうとしたところで、グッと身を寄せた花嫁の柔らかな肢体がレイモンドを戒《いまし》めた。

クラクラする程の香りと、赤い布地に映える白肌。再び喉を鳴らしたレイモンドの頬に彼女の手が触れ、唇に赤い唇が寄せられる。

そうして若き国王レイモンド二世は、異邦人である王妃の強烈な色香に屈服したのだった。

第二章　異国の姫君

「はあ……私は少女相手に何を……」

翌朝、レイモンド二世はベッドの上で苦悩していた。

相手は異国の姫君。それも、この国では野蛮人とされる東方人。更には明らかに幼い顔立ちの少女に、断じて手を出すつもりなどなかったというのに。あからさまに誘われたとはいえ、あの時の彼女の色香は尋常ではなかった。

悶々《もんもん》とするレイモンドは、クスクスと笑う声に身動きを止めた。

「少女だなんて失礼ですわね。私《わたくし》はこう見えても貴方様《あなた》より歳上《としうえ》でしてよ」

背中の方から聞こえてきたその声に、レイモンドは慌てて振り向く。

「そ、そなた……っ⁉」

「うふふ。おはようございます、レイモンド陛下」

そこには、一夜を共にした異国の姫君でありレイモンドの妻となった女が、美しい顔を楽しげに綻《ほころ》ばせてレイモンドを見下ろしていた。

「昨夜はなかなか刺激的でしたわ」

呆気《あっけ》に取られるレイモンドへと甘く香る身を寄せ、夫の肌に黒髪を垂らした花嫁は指先でレイモンドの顎を擽《くすぐ》った。乱れた化粧や透ける薄衣《うすぎぬ》が肩から落ちそうになっている様が妙に色っぽく、寝起きのレイモンドの思考は完全に停止する。

そんな夫を見下ろしながら、王妃は満足そうに微笑《ほほえ》んでいた。

「つまらない国に来てしまったと思っておりましたけれど、貴方様の妻になるのは悪くありませんわね」

少しずつ思考が戻り、レイモンドは何とか声を絞り出して問い掛けた。

「そなた、この国の言葉を話せたのか……⁉」

余らせた袖《そで》先で口元を隠しながら、彼女はクスクスと笑う。

「釧《セン》からこの国に来るまで、どれ程の時間が掛かると思いますの？　暇だったので、その間に言語を習得したのですわ。夫となるお方と意思疎通もできなくては、夫婦生活に色々と支障がありますでしょう？」

あまりにも流暢《りゅうちょう》に話す花嫁を見て、レイモンドは頭が痛くなる。

「それではそなたは……昨日のあの婚姻式で、貴族達の心無い言葉を聞いていたのだな」

レイモンドの呟《つぶや》きに、花嫁は大きな目を見開いたかと思うと弾《はじ》けるように笑い出した。

「あらあら、まあまあ。私の旦那様は、自分を謀《たばか》った妻に腹を立てるのではなく、心無い言葉に傷付いた妻を心配して下さるのね。なんてお優しいのかしら」

そうして乱れた髪や衣を直すと、ベッドの上に正座し、両手を前に揃《そろ》える。

「改めまして、私は釧国皇帝雲景帝《センこくこうていうんけいてい》雪 龍 峰《シュエ・ロンファン》が三女、朝陽公主《ちょうようこうしゅ》の位を賜る雪紫蘭《シュエ・ズーラン》と申します」

「……すまない。なんと？」

妻の名どころかその肩書きすら一つも聞き取れなかったレイモンドが聞き返すと、王妃は楽しげに笑い転げながら夫を見上げた。

「シュエ・ズーランでございますわ」

「シュ……ジュ……ラン？」

全く以《も》って聞き取れる気のしない異国の名前にレイモンドが苦戦していると、王妃はニコリと微笑んだ。

「紫蘭《ズーラン》は、私の字《あざな》でございます。本来の名は、雪麗《シュエ・リー》と申します」

〝あざな〟が何かは全く分からなかったが、取《と》り敢《あ》えずは聞き取れた名前で、今度こそレイモンドは妻に呼び掛けた。

「シュリー？」

「うふふ。まあ、良いでしょう。お好きなようにお呼び下さいませ。シャオレイ《レイちゃん》」

「シャオ……何だそれは」

「愛称のようなものでございますわ、レイモンド陛下」

悪戯《いたずら》を仕掛けたようにクスクスと笑う彼女は色香を残しつつも、どう見ても少女にしか見えなかった。

「本当にそなたは、私より歳上なのか？」

「ええ。これでも二十《にじゅう》になります」

即位前に十九になったばかりのレイモンド。確かに年齢だけで言えば、彼女の方が歳上なのだろう。しかし。

「……信じられない」

愛らしい顔立ちも、小柄で華奢《きゃしゃ》な体軀《たいく》も。とても自分より歳上には見えない妻を見て、レイモンドは愕然とした。

「西洋の方は発育がとてもよろしいと伺《うかが》いましたわ。釧では私は引く手数多《あまた》の立派な淑女でしてよ」

薄衣を翻《ひるがえ》した王妃は、ベッドの横のサイドテーブルに置かれた小箱を開けた。そこには見事な煙管《きせる》が入っており、手慣れた仕草で火をつけ燻《くゆ》らせる。

煙を吐き出すその姿は様になっており、妙に色っぽく、レイモンドは妻の美しい横顔に暫《しば》し見惚《みほ》れた。

しかし、どこか億劫《おっくう》そうにも見える気怠《けだる》げなその様子に、昨夜のことを思い出したレイモンドは気まずく頭を掻《か》いた。

「その……、身体《からだ》は大丈夫か？」

「あら。生娘に対して無体を働いた自覚がおありですの？」

「うっ……すまない。そんなに辛《つら》いのか？」

「ふふ。冗談ですわ。それほど軟弱ではございません。滋養薬入りのこれを一服すれば回復するでしょう」

コン、と軽《かろ》やかに灰を落とした王妃は、伏せた目を横に流して夫を見た。

「それで。昨日の貴族達の態度を見ますに、陛下は随分と敵が多いようでございますわね」

レイモンドは重い溜《た》め息《いき》を吐《つ》いた。異国から来たばかりの姫に見破られるほど、レイモンドの国王としての権威は薄っぺらいのだ。

「そなたの言う通りだ。今の私には味方がいない。叔父である公爵に無理矢理押し付けられた婚姻を断れない程に。私のような王に嫁いだことを、後悔するか？」

昏《くら》い瞳《ひとみ》で笑う夫をジッと見て、王妃は煙管を置いた。

「滅相もないことですわ。陛下、私は今、かつてない程の喜びに打ち震え、とてもとても興奮しておりますのよ」

「…………は？」

わけの分からないことを言い出した王妃は、レイモンドに身を寄せてその大きな瞳を真《ま》っ直《す》ぐに上げた。黒いはずの瞳は綺羅綺羅《きらきら》と輝き、その美しい顔には満面の喜色が差していた。

「昨夜、陛下はこの私を娶り、私はこの身を捧《ささ》げましたわ。この国ではどうなのか存じ上げませんが、私の国では操を捧げるというのはとても意味のあることですの」

「……意味？」

「つまり私と貴方様は、永遠に続く契りを交わしたのです。私の身も心も既に貴方様のもの。一生涯、他の者に渡すつもりなどございません。味方がいない、ですって？　貴方様は昨夜、自らの手で私という最強の味方を手に入れたのですわ」

うっとりと美麗な顔で微笑む王妃は、夫の耳元に囁《ささや》いた。

「私が、貴方様を名実共にこの国の真の国王にして差し上げます。誰《だれ》もが貴方様に跪《ひざまず》き、何人《なんぴと》たりとも貴方様の権威を貶《おとし》めることなど出来ぬよう、徹底的に」

その甘言はまるで、悪魔の囁きのようだった。

異国の姫君に、到底そんなことができるわけがない。それでもレイモンドは、差し出された王妃の手を取った。両親も兄も臣下も失い、レイモンドに残されたのは搾取されるだけの人生だった。そんな中で全《すべ》てを自分に捧げると言う彼女の言葉は蜜よりも甘く、仮令《たとえ》それが口先だけのものだとしても、孤独に蝕《むしば》まれた心は容易《たやす》く魅入られてしまったのだ。

そうしてレイモンドは、期待はせずも、妻となった異邦人の王妃を真の意味で妻として受け入れることにした。

「そなたは私の妻だ。私はそなたの全てを受け入れる」

その言葉を聞いた王妃は、嬉《うれ》しそうに夫を見返す。

「嗚呼《ああ》。なんて嬉しいのでしょう。何もかもが思い通りになるつまらないこの世の中で、こんなにも刺激的な楽しみができるだなんて。退屈な祖国を飛び出して来て正解でしたわ」

クスクスと笑いながら隣に寝転ぶ妻を見て、レイモンドは改めて思った。鈴を転がすような声を響かせながらも恍惚《こうこつ》とした表情を見せる彼女は確かに、強《したた》かで嫋《たお》やかな、大人の女であるのだと。

第三章　王妃の異名

アストラダム王国国王レイモンド二世の王妃は、釧《セン》での呼び名であるシュエ・ズーランの発音が難しいことから、古代において東方を指した呼び名、『絹の国』を意味する『セリカ』をそのまま名前とし、セリカ王妃と呼ばれることとなった。国内の正式文書及び歴史書に残る名前もこの名となる。

これは王妃自身どころか国王であるレイモンドの意見さえ聞かずに貴族達が決定した名であり、王妃をとことん馬鹿《ばか》にするものだった。婚姻式の翌朝、朝餐《ちょうさん》の席でそれを聞いたレイモンドは静かに激怒した。

しかしそんな夫へと、当の王妃はあっけらかんと告げる。

「別によろしいではないですか。たかが名など、好きに呼ばせておけば良いのです。貴方様の妻が私《わたくし》だという事実さえあれば、私は満足ですわ」

思い掛けず殊勝なことを言い出した王妃に、その意を汲《く》んだレイモンドは貴族達の無礼な決定を黙認することにした。

「……私だけは、そなたを本来の名であるシュリーと呼んで良いだろうか」

気遣わしげなレイモンドの言葉を受けた王妃は、大きな瞳《ひとみ》をパチパチと瞬かせた。この国の人間には、王妃の祖国である釧の発音は難しいらしく、レイモンドが呼んでくれるシュリーという名は、本来の発音と異なり少しだけ舌足らずな響きがある。

それでも王妃は、夫が呼んでくれるその名を何よりも気に入った。

「この先、私をその名で呼んで良いのは陛下だけですわ」

嬉《うれ》しそうに目を細める妻の美麗な微笑を見て、レイモンドは擽《くすぐ》ったさに頬《ほお》を掻《か》いた。

「それと……来て早々すまないが、今宵そなたの披露を兼ねた夜会が開かれる。この宴《うたげ》もまた、公爵の思惑《おもわく》だ。私とそなたを再び貴族達の好奇の目線に晒《さら》すのが狙《ねら》いだろう」

不満な様子のレイモンドへと、『セリカ王妃』となった雪紫蘭《シュエ・ズーラン》、名を雪麗《シュエ・リー》ことシュリーは、楽しげに微笑《ほほえ》んだ。

「それは楽しみですわ。その思惑をぶち壊して差し上げましょう」

「なに?」

「完璧《かんぺき》な披露を演出し、私の大切な夫を陥《おとしい》れようとする不届き者の鼻をへし折ってやるのです」

堂々とした妻の微笑みに、レイモンドは圧倒される。

「あー、その……私が言うのもなんだが、あまり無理をしなくていい。そなたはこの国に来たばかりなのだ。本来であれば私が守ってやりたいのだが……私の力が足りず、そなたには苦労をかけて申し訳ない」

落ち込んでいく夫を見て、初めて味わう何とも言えないような〝庇護《ひご》欲〟を体感したシュリーは、弾《はず》んでしまいそうな声を抑えながら夫を慰めた。

「陛下。どうかそのような寂《さび》しいことを仰《おっしゃ》らないで。私は陛下の妻として、お役に立ちたいのですわ。その為ならどんな努力も厭《いと》いませんわ」

「シュリー……」

夫に熱い眼差《まなざ》しを向ける妻と、感じ入ったように妻の名を呼ぶ夫。無理矢理婚姻させられたとは到底思えない程の甘い空気が二人の間に漂う。

その時ふとレイモンドは、向かいに座る妻シュリーが、何の迷いもなく優雅な仕草でナイフとフォークを使い熟《こな》しているのに気付いた。

「釧の食文化はこの国とは違うと聞いたが、そなたはどこでマナーを覚えたのだ？」

動きを止めたシュリーが、レイモンドを見返して当然のように答えた。

「たった今、陛下のお食事の所作を見て覚えたのです」

「……は？」

レイモンドは、聞き間違いかと思った。レイモンドの常識からすると、テーブルマナーは一朝一夕で身につくようなものではない。

レイモンド自身、幼い頃から叩《たた》き込《こ》まれたことで初めて一人前と認められたのだ。異邦人が見様見真似でどうにかできるものであるはずがないのだ。しかし。

「多少面倒ではございますが、なかなか理に適《かな》った食事方法ですわね。拝察するに食材や調理法によって手にする道具を変えていますのでしょう？　供される料理の順に応じて、外側から順に道具を取るのも面白《おもしろ》い発想ですわ。予《あらかじ》め計算された配置ということですのね」

この短い時間の中で、シュリーは完璧にマナーの意図までも理解していた。

「……その通りだ。本当に、今日初めて見たのか?」

「ええ。この国に到着早々、婚姻式でしたもの。礼儀作法を伴う食事はこれが初めてですわ」

「……それにしては、そなたの所作は優雅だ」

「それは陛下の模倣をしているからですわ。優雅なのは私ではなく、陛下の所作なのでしょう」

クスクス笑う妻の楽しげな顔を見ながら、レイモンドは舌を巻いた。

類《たぐい》い稀《まれ》な美貌だけでなく、異国語を自在に操《あやつ》る才覚、周囲を見る洞察力、聡明《そうめい》さ、気品、所作の美しさ。どれをとっても、レイモンドの妻は完璧だった。いっそ、出来過ぎな程に。

何か、とんでもないものを手に入れてしまった気がしてきたレイモンドが思考に耽《ふけ》る前に、シュリーがぽんと手を叩《たた》いた。

「そうそう、ご紹介しておきますわ。釧から連れて来た侍女のリンリンと、宦官《かんがん》のランシンです。使節団の殆《ほとん》どは釧に帰す予定ですが、二人にはこれからも私の世話役としてこの国に残ってもらおうと思っておりますの」

シュリーが手を向けた先で、両手を前に組んだ控えめな侍女と、整った顔立ちの男が頭を下げる。

それを見たレイモンドは眉《まゆ》を寄せた。

「侍女は良いとして、宦官とは何だ? 彼はどう見ても男じゃないか。まさか、男に身の回りの世話をさせるつもりか?」

レイモンドの不機嫌そうな声を聞いたシュリーは、大きな瞳をキョトンと瞬かせた。

「ランシンは……男ではありますが、男ではありませんわ」

戸惑った様子のシュリーを見て、レイモンドもまた戸惑いを浮かべる。

「どういうことだ？」

「ああ、この国には後宮がないのですものね……中東の国々にはハレムがあったのですけれど……そういった男子禁制の場で奉公するのが宦官なのです。彼らはその……何と説明すればよろしいかしら。陛下、お耳をお貸し頂けます？」

レイモンドの側《そば》にやって来たシュリーが、レイモンドの耳元で宦官の説明をする。宦官とは男たる大事な部分を切り取った者のことだとやんわりと説明すれば、レイモンドは絶句してランシンを見た。

「な、なんと残虐なっ……」

口元を押さえて悲痛な声を上げたレイモンドの視線が、ランシンの顔と下半身を行き来する。ランシンは涼しい顔でただ黙ってその視線を受け入れていた。

「ですので、ランシンが私の身の回りの世話をすることは特に問題がないのですわ」

「それは……そうなのかもしれないが、やはり複雑だ」

ランシンから目が離せないながらもレイモンドがそう言えば、シュリーは再び目を瞬かせた。

「何がそんなに気になるのです？」

「そなたは私の妻だ。私以外の者がそなたに触れると思うと、嫉妬《しっと》してしまうのは当然だろう。それも彼は……〝彼〟でいいのか？　……とにかくランシンは見目も麗しいから尚更《なおさら》だ」

「嫉妬……でございますか？」

「そうだ。嫉妬だ」

堂々と頷《うなず》いた夫を見て、シュリーは急に胸元《むなもと》を押さえた。

「うっ……！」

「シュリー⁉　どうした？」

「心臓が……」

「心臓が⁉　痛むのか？　苦しいのか？　今すぐ侍医《じい》を……」

「いいえ、大事ありませんわ！　そういうのではありませんの、どうぞお気になさらないで」

慌てるレイモンドを制してよろめきながらも、シュリーは釧の言葉で早口に何やら呟《つぶや》いた。

『なんということ……宦官相手に嫉妬だなんて！　私の夫はなんて可愛《かわい》い人なの！　これがトキメキというものなのね？　心臓が締め付けられて死んでしまいそうだわ』

「シュリー？　何と言ったのだ？　本当に大丈夫か？」

わたわたと心配そうにするレイモンドを見て堪《たま》らなくなったシュリーは、夫の膝《ひざ》に乗り上げてその首に抱き着いた。

「陛下が……シャオレイがこうしていて下さいましたら、平気ですわ」

自らに身を寄せる羽根のように軽い妻を抱き上げながら、レイモンドは労《いたわ》るようにシュリーの背を撫《な》でた。

「あまり無理をするな……そなたの身に何かあればどうするのだ」

その優しい声音を聞いて、色んな意味で最強過ぎるが故に他者からの心配など受けたことのなかったシュリーは完全に敗北を悟った。

何か、とんでもない男に嫁いでしまった気がするが、今更この心地好い腕から抜け出すなど出来ようはずもない。この夫の為ならば、一肌でも二肌でも脱ぎまくってやろうと意気込んだシュリーが顔を上げる。

「それよりも、夜会の準備ですわね。文化が違えど、こういった場で重視されるものはどこの国も同じでしょう。王妃となる淑女を見定める為の基準は即《すなわ》ち、容姿、服飾、礼儀作法。大切なのはこの三つではありませんこと？」

真面目《まじめ》な顔をするシュリーが夫の膝の上でそう言うと、レイモンドもまた真面目に頷いた。

「そうだ。そなたの容姿は言うまでもなく美しい。しかし、ファッションやマナーに関しては難しいだろう。今日は無理をせず、ただ私の隣に座っていればそれでいい」

至極真面目に容姿を褒められたシュリーは身悶《みもだ》えながらも、咳払《せきばら》いで気を取り直して話を続けた。

「コホン。ご心配なさらずとも大丈夫ですわ。私に考えがありましてよ。まずは、この国で指折りのドレス職人を呼んで下さいますか？」

「それは……構わないが、今からドレスを作るのは無理だ」

「勿論《もちろん》、分かっておりますわ。目的はドレスを作らせることではございません」

夫に身を寄せた王妃は、その唇をニンマリと吊《つ》り上げて嗤《わら》ったのだった。

◇

レイモンドが呼んだドレス職人は、昼前にやって来た。

「国王陛下、王妃殿下に拝謁致します」

マイエと名乗ったその職人は、王都で一番人気の洋服店のデザイナー兼裁縫師だという。しかし、国王レイモンドの手前礼儀正しく挨拶《あいさつ》しているが、王妃であるシュリーには目を向けようともしない。その様子に口角を上げたシュリーは、頭を下げたままのマイエに上から話し掛けた。

「早速だけれど、ドレスを一着お願いしようと思うの。今の流行が分かるようなカタログを見せてくれるかしら？」

「え……!?」

王妃を異国人だと小馬鹿《こばか》にしていたドレス職人マイエは、流暢《りゅうちょう》な言葉で話し出したシュリーに固まった。

「あら。何か問題でもあって？」

漸《ようや》く顔を上げてシュリーを見たマイエは、王妃のエキゾチックな美貌に息を呑《の》む。しかしすぐに首を振って再び頭を下げた。

「い、いいえ！　滅相もないことでございます！　光栄にございます、すぐにカタログをお持ち致します！」

店の最新版だというカタログを受け取ったシュリーは、パラパラと捲《めく》りながら何の気なしに問い掛けた。

「随分と濃い色のドレスが流行っているのね。襟元《えりもと》は派手に大きくして胸元を隠すの？」

「さ、左様でございます。この型のドレスでしたら、すぐにご用意できます！　今夜の夜会にも間に合います！」

マイエが指したのは、深緑色の何とも言えない絶妙に陰気臭いドレスだった。ツンツンと飛び出した襟《えり》周りは悪趣味としか言いようがない。

「ふーん？　リンリン、ランシン。例の物を持って来てくれるかしら？」

「『是《シィ》、娘娘《ニャンニャン》（はい、王妃様）』」

一糸乱れぬ動きで両手を前に組んで頭を下げたリンリンとランシンが、シュリーの荷物を取りに行く間、シュリーは夫のレイモンドへ甘い笑みを向けた。

「陛下、この国で絹は金と同じ価値がありますのよね？」

「ああ。釧のみで作られるシルクと美しい陶磁器は、この国を始めとした周辺諸国で非常に人気が高い。それこそシルクは同じ重量の金か、上級品であれば倍の重量の金で取引される。それらの交易を有利にする為、貴族達は私とそなたの婚姻を無理に進めたのだ」

「釧は釧でこの国の宝石を安価に輸入したい思惑があったのですわ。欲にまみれた政略結婚ですが、私はお相手が陛下だったこと、大いに満足しておりましてよ」

手を握り、しな垂れ掛かる妻を受け止めながら、レイモンドは僅《わず》かに口元を緩ませた。

「……私もだ」

小さく呟いた夫の声を聞き逃さなかったシュリーは、夫に見えない角度でほくそ笑む。

「あ、そうですわ。実は私、嫁入り道具を色々と釧より持って参りましたの。その中に最高級の絹もございまして、持て余して困っていたのです」

シュリーは、タイミングよく戻って来たリンリンとランシンに命じて、マイエの前に大量の絹織物を置いた。

「おっ、王妃様!?　この最上級のシルクはいったい!?」

滅多にお目に掛かれないような、輝かんばかりの上質な生地を前に、職人であるマイエの目が煌《きら》めき、絹に魅せられた羨望《せんぼう》と驚愕《きょうがく》のその顔は、涎《よだれ》を垂らしそうな勢いだった。

「お近付きのしるしに貴方に差し上げようかと思って。これでドレスを一着作って下さる？　余りは差し上げるわ」

「本当ですか!?　これだけあれば、特上の最高級ドレスが五着は作れます！　この量、それも最上級のシルクをタダで!?」

感涙を流しながら手を伸ばしたマイエから、シュリーは絹を遠ざけた。

「……と思っていたのだけれど、貴方の態度次第では考えさせて頂くわ。それで、改めて聞くけれど、これは本当に最新版のカタログなのかしら？」

シュリーがカタログをヒラヒラと振ると、マイエは慌てて頭を下げた。

「申し訳ございません！　うっかりしておりましたわ、それは流行遅れのものでございます。最新版はこちらに」

「どうもありがとう」

マイエが差し出したカタログをスッと取ったシュリーは、絹の塊をマイエに向かって投げた。大量の布地がキラキラと輝きを放ちながら宙を舞う。

それを後生大事に抱えたマイエは、そのあまりにも見事な肌触りに感嘆しうっとりと見惚《みほ》れた。

一連の様子を見ていたレイモンドが、眉間《みけん》に皺《しわ》を寄せる。

「そなた、まさか王妃を騙《だま》そうとしたのか？」

「そ、それはっ……」

絹に夢中になっていたマイエが顔を青くすると、意外にもシュリーが夫を宥《なだ》めた。

「陛下、どうぞ赦《ゆる》して差し上げて下さいまし。私でもそうしますわ。流行どころかドレスの何たるかも分からない異邦人に、時代遅れの在庫品を売り付けたいのは商売人として当然の発想ですもの。ねえ、マイエ？」

ニッコリと微笑むシュリーを見て、マイエは背筋が凍った。何もかもを見透かされていたのだと知り、目に見えて不快そうな国王よりも、にこにこと美しく微笑み何を考えているか分からない異国人の王妃に畏《おそ》れを抱いたのだ。

「申し訳ございませんでした！　全身全霊を掛けて王妃様のお手伝いを致しますので、どうかお赦し下さい！」

ガタガタと震えて土下座するマイエへと、シュリーはカタログを眺めながら優しく声を掛けた。

「良いのよ。代わりに私の役に立ってくれるのなら些細《ささい》なことは水に流すわ。それで、流行遅れのものとは違って、最新のカタログでは淡い色調のものが流行っているようね」

今度こそマイエは、最先端のデザイナーとして正直に答えた。

「さ、左様でございます！　今年は淡いパステルカラーが主流です！　それと、胸元は大胆に露出し、スカートはふわりと広げ、腰にはコルセットを巻いてきつく締め上げ細く見せるのが最先端でございます」

説明しながらマイエが取り出したコルセットを見て、シュリーは腹を抱えて笑い出した。

「あははっ！　西洋の方は大変ですのね。こんなものを巻かないと醜い体型を隠せないの？　私には必要ありませんわ。そうでしょう、陛下？」

「ん？」

何故《なぜ》自分に聞くのかと不思議そうなレイモンドが首を傾《かし》げると、シュリーはにんまりと意味深な笑みを夫へ向けた。

「陛下は私の腰がどれほど細いか、よくご存じではありませんか。昨晩あんなに強く摑《つか》んで放して下さらなかったのですもの」

「んんッ⁉」

急に咳《せ》き込《こ》んだレイモンドは顔中を真《ま》っ赤《か》にして妻を睨《にら》んだ。

「な、何を言い出すのだ、人前で……やめなさい」

「あら。私のシャオレイ《レイちゃん》はそんなに赤くなって、今更初心《うぶ》なふりをなさるの？　昨夜はあんなに激しくまるで獣のように……」

「シュリー！　頼むから勘弁してくれ……」

茹《ゆ》で蛸《だこ》のように赤くなったレイモンドが額を押さえると、それを見たシュリーは満足そうに目を細めた。昨日初対面で婚姻したばかり、それも政略により無理矢理夫婦となったとは到底思えない二人を見て、マイエは愕然《がくぜん》としていた。

職業柄、様々なカップルを見てきたマイエでさえ、二人の醸し出す独特の熱量についていけなかった。そんな中、壁際に立ち涼しい顔で平然としているリンリンとランシンを見て、マイエは釧国人への偏見と誤解を改めざるを得なかった。


「それで。マイエ、淡い色合いと開いた胸元、腰部分を細く、ふわりと広がる裾《すそ》。これが今のドレスの流行で良いかしら？」

イチャイチャしていたかと思った王妃に話しかけられ、マイエは慌てて姿勢を正す。

「左様です。あとはそうですね……パートナーの男性と色味や小物、生地を合わせるカップルコーデも人気ですわ。これをやれば互いにとても上手《うま》くいっているカップルとして認知されますわよ」

「まあ。それは絶対に取り入れないと！　陛下、陛下の衣装はどちらです？　拝見することはできまして？」

目をキラキラと輝かせる妻を見て、レイモンドは今日着る予定の衣装を急いで持って来させた。

到着したレイモンドの盛装用の衣装を眺めながら、シュリーはふむふむと頷く。

「白地に紫……留め具と装飾は金ね。成程。リンリン、ランシン」

シュリーの言葉に、控えていた二人が即座に反応し跪《ひざまず》いた。

「釧から持って来た衣装の中で、糖時代のものを白と紫を中心に取ってきてくれるかしら。簪《かんざし》は金で、それから金糸と針も持ってきて頂戴《ちょうだい》」

頭を下げて再びシュリーの荷を取りに行った二人を見送って、レイモンドが気遣わしげに妻を見た。

「シュリー、何をする気だ?」

「うふふ。私の祖国は、とても長い歴史がございます。その中で衣服も様々な型が生まれましたわ。ちょうど王朝を二つほど遡《さかのぼ》った頃に流行った型が、今この国で流行っているものによく似ておりますの。釧風の情緒を演出しつつ、流行を取り入れた衣装で登場すれば、『セリカ王妃』として相応《ふさわ》しいお披露目になりますでしょう?」

クスクスと笑うシュリーは、運ばれて来た数着の衣装からパーツを選び抜いて組み合わせると、あっという間にレイモンドの衣装の隣に並べた。

それを見て最初に声を上げたのは、マイエだった。

「完璧です、王妃様……! まるで示し合わせたかのように色味も揃《そろ》っておりますし、何よりこの釧の衣装! このように美しく透けるような素材、初めて拝見しましたわ! 釧の衣装は色味が派手で窮屈そうな詰襟《つめえり》しかないと思い込んでおりましたのに、このように洗練された衣服があったなんて……!」

感激するマイエとは対照的に、シュリーは肩をすくめた。

「この程度で終わりではありませんことよ。陛下には私の手のものを身に付けて頂きませんと」

そう言って金糸と針を取り出し、レイモンドの衣装からクラバットを抜き取ったシュリーへと、レイモンドが声を掛ける。

「それをどうするのだ？」

夫からの問い掛けに、シュリーは美麗に微笑んだ。

「私、刺繍《ししゅう》には多少の心得がございますの」


そうしてスルスルと流れるような手付きでレイモンドのクラバットに見事な刺繍を施したシュリーは、それを夫の首元にあてた。

「とってもお似合いですわ」

レイモンドは驚嘆しながら妻が仕上げた刺繍を見た。寸分の狂いもない、見事な金の蘭《らん》だった。

その間にシュリーは、己《おのれ》の上衣にも同じ紋様の刺繍を施した。

改めて並べると、二つの衣装は色味が似ている上に同じ模様の金の刺繍が入ったことで、最初から揃いで誂《あつら》えたかのように完璧に調和が取れていた。

仕上げにシュリーは左右に結われていた自らの髪紐《ひも》を解くと、レイモンドを椅子《いす》に座らせる。そして丁寧な手つきでレイモンドの髪を後ろから手に取った。

「陛下の髪は金糸のように美しく、さらりと軽《かろ》やかですのね。ずっと触れていたいほどです」

歌うようなシュリーの声音に対し、レイモンドはくいっと首を反らして妻を見上げる。

「なにを言う。私はそなたの黒髪ほど美しい髪を見たことはない」

解かれたシュリーの黒髪を手に取ったレイモンドのあまりの真剣な表情に、シュリーの頰《ほお》に知らず朱が差す。

「分かりましたから、前を向いて下さいませ」

自分を見上げるレイモンドのこめかみを両手で持ち、優しく前を向かせたシュリーは再度丁重に金髪を梳《す》く。

流れる髪束《たば》を先ほど解いた髪紐の片方で丁寧に結うと、シュリーは残ったもう片方の髪紐で自らの黒髪を結い上げた。

「これで完璧ですわ。揃いの衣装に揃いの髪紐。誰《だれ》がどう見ても、私達はお似合いの夫婦でしてよ」

レイモンドの首に後ろから両手を回して抱き着いたシュリーは、得意げに鏡を見た。

「王妃殿下！　どうか私を弟子にして下さいませ！」

この仕上がりを見たマイエが、跪いてシュリーに頭を下げる。

「あらあら、まあまあ。私、釧では弟子を取るのが趣味でしたのよ。でも今は陛下の妻としての役目がありますもの。陛下の許可を頂きませんと」

シュリーの目線を受けたレイモンドは、楽しげな妻と懇願するマイエを交互に見て溜《た》め息《いき》を吐いた。

「そなたの好きにしたら良い」

にんまりと微笑んだ王妃シュリーは、期待の眼差しを向けるマイエに向かって手を差し出した。

「よろしくてよ。貴方をこの国で迎える最初の弟子としましょう。誠心誠意私に仕え、全身全霊で教えを乞いなさい」

◇

「まったく、そなたには驚かされてばかりだ……」

レイモンドが首を振ると、シュリーを女神の如《ごと》く崇《あが》めるマイエを見送ったシュリーは、大きな黒い瞳で夫を見た。

「あら。私、呆《あき》れられるようなことはしておりませんわ。全《すべ》ては陛下の為でございますもの」

「私の為だと?」

「左様ですわ。服飾職人であるマイエをこちら側に取り入れたことには意味がありましてよ。彼女達は流行を作り出す存在ですもの。私の側に置き、私が流行の発信源となれば、王妃としての格が上がりますでしょう? そうなれば陛下の名声も自ずと高まりますわ」

いったいどこまで見越しているのか。まだ出逢って一日しか経《た》っていないというのに、レイモンドは妻の底知れない才覚に末恐ろしさすら感じた。しかし、だからと言って妻を厭う気など微塵《みじん》もなく、寧《むし》ろ自分の為にアレコレと考え、動き回る彼女が好ましくて堪らなかった。

「さて。お次は礼儀作法ですわね。先程マイエから、この国の夜会で最も重要な作法はダンスだと聞きましたわ」

やる気に満ち溢《あふ》れたシュリーを見て、レイモンドは不安げに妻を見た。

「シュリー、ダンスは流石《さすが》に難しいのではないか？　いくらそなたでも、夜会まであと数時間しかない。異国人のそなたがダンスを踊れずとも、誰も文句は言わないだろう」

この国の作法など知らない妻を心配したレイモンドだったが、当の妻はそんな夫に向けて堂々と胸を張った。

「それでは完璧なお披露目になりませんわ。私は陛下の妃として、貴方様の完璧な妻になりたいのです。どうぞ私にお任せ下さいませ」

そして軽やかに身を翻《ひるがえ》すと、ふわりと舞った袖《そで》の間から、壮絶な美しさを撒《ま》き散らして微笑んだ。

「私、舞には多少の心得がございますの」

◇

「男女が手を取り合って、あんなに密着して踊るのですか？　なかなか破廉恥《はれんち》ですこと」

レイモンドの腕に腕を絡《から》めながら、扇子《せんす》で口元を隠したシュリーは眉を寄せた。

国王夫妻の前でダンスの手本を見せているのは、初老の侍従とレイモンドの乳母も務めた世話役のドーラだった。熟練とはいえ、決して軽やかとは言えない二人が手本役をしているのには、少しわけがある。

と言うのも、レイモンドには信頼できる家臣がいないのだ。下手《へた》に詮索《せんさく》され、異邦人の王妃がコソコソとダンスの練習をしているなどと、夜会前に妙な噂《うわさ》を立てられては堪ったものではない。

そこで、数少ない信頼できる者であるドーラを呼び、レイモンドが相手役となって手本を見せようとしたところで、シュリーからとても冷ややかな声が掛かったのだ。

「陛下、その手をどうする気です？　まさか、私の目の前で他の女の手を取る気ですの？　そのようなことをして良いとお思いでして？」

「いや、これは……」

ただの礼儀作法なのだが、という言葉は、レイモンドの口の中で霧散した。

「私の国の、前の前の王朝の時代に女帝がおりましてね。その女帝は聡明でしたが大変気性が荒く、恋敵の手足を切り落として酒甕《さかがめ》に漬け込み、苦しむ様を一晩中眺めて楽しんだという逸話《いつわ》がございますのよ。陛下、本当に私の目の前で私以外の女の手を取る気なのでございますか？」

満面の笑みで微笑むシュリーを見て、レイモンドは震え上がるドーラから急いで距離を取り、寡黙《かもく》で仕事のできる侍従を呼び付けて相手役をさせたのだった。

多少足取りが重くとも、ふくよかなドーラに痩身《そうしん》の侍従が振り回されていようとも、経験豊富な二人のダンスを見ていたシュリーはふむふむと頷く。

「舞踊と道教の禹歩《うほ》を合わせたような動きですわね。上半身より下半身の動きが重要なのかしら。女性がくるくる回るのは、ドレスの裾を広げて優雅に見せる為ですの？」

「よく分からないが、ドレスの裾がヒラヒラと舞う様は美しいとされている」

「成程。だいたい分かりましたわ。今の動きをもう少し軽やかに、優雅に踊ればよろしいのですわね？　陛下、お手合わせ頂けますか？」

「なに？　もう良いのか？　まだ最後まで踊り切ってすらいないだろう」

「充分ですわ。大事なのは足運びと、相手と呼吸を合わせることでございましょう？　このような舞踏は初めてですが、陛下とであればとても楽しく舞えると思いますわ」

悪戯な表情で微笑む妻を見て、レイモンドはフッとつられて笑みを漏《も》らし、シュリーの手を取った。細い手を握り、細い腰を支えてステップを踏み出すと、シュリーは全く危なげもなくレイモンドの動きに合わせて足を踏み出した。

そのあまりの滑《なめ》らかさ、迷いのなさ、正確さにレイモンドは目を瞠《みは》る。

「本当に……初めてなのか？」

「こういった他者と手を取り合うダンスは初めてですが、コツさえ掴めばどうとでもなりますわ」

そう笑って大胆にターンを決めたシュリーを見て、レイモンドは自分の妻がやはり只者《ただもの》ではないことを、改めて実感したのだった。

◇

ダンスの練習も終え夜会の準備をしたシュリーは、艶《つや》やかに結い上げた黒髪をレイモンドと揃いの髪紐と金の簪で仕上げ、愛らしい化粧ではなく、目を切長に見せる大人っぽい化粧を施してレイモンドの前に立った。

昼に選んだ衣装が、揃いの色のレイモンドの盛装とよく合っている。それぞれに施された金の蘭が上品に光を反射していた。揺れる揃いの髪紐まで、二人の仲睦《なかむつ》まじさをこれでもかと示している。

「そなたは元から美しいが、今宵は殊更《ことさら》に輝いているな」

妻の美しさに感嘆する夫を見て、シュリーは嬉しげに微笑んだ。

「陛下の為に着飾ったのです。思う存分愛《め》でて下さいまし」

美し過ぎる妻に可愛らしいことを言われて、レイモンドは満更でもなさそうに頬を掻いた。

照れた時の夫の癖《くせ》を見逃さなかったシュリーは、長い袖で口元を隠してクスクスと笑う。

「そろそろ行こうか」

レイモンドが差し出した手に手を乗せて、シュリーは戦場に赴く時と同じくらいの高揚を感じながら会場へと向かった。

しかし、会場に近づくにつれてレイモンドの足取りが重くなる。それに気付いたシュリーが足を止めると、立ち止まったレイモンドは虚《うつ》ろな目をしていた。

「陛下？　いかがなさいましたの？」

「私は……自分が情けない。名ばかりの王でしかない私には、妻であるそなたを守る力すら無い。私はそなたに見合うような夫ではないのだ」

急な夫の落ち込みに驚いたシュリーは、夜会の会場から聞こえるゲラゲラと下品な貴族達の笑い声に気付いた。よく聞けば、二人のいる所まで異邦人の王妃を馬鹿にするような言葉が届いている。

それが聞こえたのか、シュリーの手を握り沈んでいくレイモンド。表情を翳《かげ》らせていくその様子に、
それまで彼が貴族達からどんな扱いを受け、独《ひと》りで耐え忍んできたか垣間見た気がしたシュリーは、そっと夫に寄り添った。

「陛下、どうかお顔を上げて下さいませ」

言われた通りに顔を上げたレイモンドは、この世のものとは思えぬ程に美しい姿の妻が、うっとりと自分を見ていることに気付く。

「どうです？　貴方様の目の前にいる女は、世界一美しいと思いませんこと？」

「ああ。確かに」

心から素直に頷いた夫を熱く見つめるシュリーは、甘い声で嘯《うそぶ》いた。

「この、世界一美しい女は貴方様の妻でございます」

その言葉に、レイモンドは目を瞬かせる。

「……ああ、そうだな」

キョトンとした夫へと、穏やかな声で言い含めるシュリー。

「私の国には、古い言葉で〝比翼連理〟と言うものがございますの。『天に在りては願わくは比翼の鳥と作《な》らん、地に在りては連理の枝と為《な》らん』。私達にぴったりの言葉ですわ」

「それは……どういう意味なのだ？」

言葉の意味が全く分からず素直に問うレイモンドを、心から慕わしいと思いながら、シュリーは

夫婦の結び付きを表すその言葉についてレイモンドに教えた。

「比翼の鳥とは、目も翼も一つしかなく、雌雄で寄り添わねば飛べぬ鳥です。連理の枝とは、元は別々の二つの木が、伸びた枝を絡めて一つの木目のようになることです。天に在っても地に在っても、寄り添い合い決して離れられぬ夫婦を指す言葉でございますわ」

「寄り添い合い、離れられぬ夫婦……か」

「貴方様に足りないのは、力ではございません。自信です。貴方様はこの国の正当な国王ですわ。そして世界一美しいこの私の夫であるのです。どうぞ堂々と、ご自身を誇って下さいませ。貴方様が輝かねば、片翼たる私の輝きも半減してしまいますのよ」

自分を諫《いさ》める妻を見遣ったレイモンドは、シュリーの瞳が思いの外優しいことに気付いた。

「……そなたとなら、空を自由に飛ぶことも、大地に深く根を張ることも、容易《たやす》いのであろうな」

「うふふ。勿論ですわ。私のシャオレイが望むのなら、私はどんなことでも叶《かな》えて差し上げます」

強く絡まる指先。片目片翼の鳥も、枝を絡ませ合う木も、レイモンドは初めて知った。暗くモノクロだったレイモンドの世界が、真っ赤な衣装で嫁いできたシュリーのお陰で、痛烈なほど鮮やかな色彩に彩《いろど》られていく。

顔を上げたレイモンドの目には、強い力が宿っていた。

「行こうか、シュリー」

「はい、レイモンド陛下」

国王夫妻が扉の前に立つと、その登場が夜会の会場中に告げられたのだった。

第四章 異彩を放つ王妃

アストラダム王国の貴族達を束ねる圧倒的な権力者、フロランタナ公爵は国王レイモンド二世の叔父である。

先代国王の王弟であった公爵は、兄王とその王妃、そして王太子であった第一王子の事故死をそれはそれは悼《いた》み、遺された第二王子レイモンドが国王になるのに尽力し、献身的に支えている……と、表向きは公表されていた。

しかし、実情は全く違っている。

実兄であった先王とその妻子を謀殺したのは他ならぬ公爵自身であり、王室唯一の生き残りであるレイモンドを一時的な国王の座に就かせることで、公爵は裏で議会を掌握し絶大な権力を手に入れていた。

レイモンドの父である先王が生きていた時代は、王国の政派は国王派、中立派、貴族派の三つに分かれ均衡が保たれていた。それが先王と王妃、王太子の崩御により均衡は呆気《あっけ》なく崩れ去る。

レイモンドが悲しみに暮れている間に権限を握った公爵は、馬車の転落により事故死に見せ掛け王族三人を暗殺したとして、国王派の主要貴族を反逆罪に仕立て上げ問答無用に粛清した。静かに喪に服していたレイモンドがこのことを知らされたのは全《すべ》てが終わった後であり、家族も忠臣も一度に失い孤立したレイモンドが何を言ったところで、覆るものなど何一つ無かった。

結果としてレイモンドは、傀儡《かいらい》の王として虚空の王冠を無理矢理その頭に戴《いただ》くこととなり、その先に残されたのは搾取され使い捨てられることが目に見えている人生だった。

釧《セン》との交易を盛んにさせたい貴族派は、レイモンドを良いように操《あやつ》り釧の姫君との婚姻を勝手に推し進めた。そうして昨日、ついに遠い異国から到着した野蛮人の姫が、見せ掛けの王に嫁いだのだ。


煌《きらび》やかな夜会の会場で貴族達に囲まれながら、公爵は悦に入っていた。

何もかもが上手《うま》くいっている。大人しい甥《おい》は物分かりが良く、自分の立場を正しく理解して公爵の思うがまま。

このまま飼い慣らすも良し、頃合《ころあ》いを見て暗殺するも良し。どちらにしろその王妃は異邦人。二人の仲が上手くいくはずはない。可能性は低いが、たとえ二人の間に子が産まれようと、野蛮人の血を引く王子を誰《だれ》が世継ぎと認めようか。

世継ぎに正統性が認められずレイモンドが死んだ場合、最終的に玉座を手に入れるのは先代国王の実弟である公爵になる。公爵はリスクを冒してまで無理にレイモンドを蹴《け》落とさずとも、ただ頃合いを待っていれば良いのだ。

そういった意味でも、釧との取引によってレイモンドの王妃に異邦人を据えたのは実に良い案だった。

焦《あせ》らず入念に王座に就く準備をするつもりの公爵は、お飾りの国王となった甥の力をとことん奪う為に開いた今日の夜会を、それはそれは楽しみにしていた。

野蛮人との婚姻式でさえ涼しい顔を取り繕っていたあの甥は、果たして今宵《こよい》の夜会でも気取っていられるのか。昨日の王妃の下品な赤い衣装と終始顔を覆《おお》っていた様子を見るに、今日の夜会で国王夫妻がどれほど恥をかくかは目に見えていた。

礼儀作法も知らない醜い野蛮人の姫を連れた、傀儡の王。貴族達の辛辣《しんらつ》な目線に耐え切れず、今日こそいつも澄ましている甥の顔が歪《ゆが》むのを見られるかもしれない。

まだ登場もしていない王妃を侮辱する貴族達の会話と笑い声を楽しげに聞きながら、公爵は会場に目を走らせた。

国王派の派閥を取り込み貴族の三分の二を味方につけた公爵が気にするのはただ一人。中立派の筆頭、ガレッティ侯爵だけだった。

礼儀作法に煩《うるさ》く、堅物なガレッティ侯爵が、野蛮人の姫を王妃と認めるはずはない。この夜会で王妃の格が認められなければ、唯一の懸念である中立派がレイモンド側に付くことは一切《いっさい》有り得なくなるだろう。

それさえ見届ければ、未来は確定したも同然。公爵に憂いは一つも無くなる。公爵は、一刻も早く国王夫妻が登場して恥を晒《さら》すのを期待していた。

「レイモンド・デイ・アストラダム国王陛下、並びにセリカ王妃殿下の御入来でございます」

伝令の声に、貴族達の好奇の視線が会場の扉に向かう。拍手すら起こらぬ蔑みの出迎えに公爵が口角を上げたのも束の間、登場した国王夫妻を見て場内は騒然とした。

公爵でさえ、時が止まったのかと錯覚する。それ程に、二人の姿は鮮烈だった。

レイモンド国王に手を取られ階段を下りて来たセリカ王妃は、東方人特有の重い黒髪に黒目だが、その顔《かんばせ》は見る者全《すべ》てを魅了する程に美しく堂々としており、国王と揃《そろ》いに見える衣装は釧の異国情緒を残しつつ、この国の流行を押さえた、とても洗練されたものだった。

軽《かろ》やかな足取りも、動く度に舞う不思議な薄い布地も、黒髪に映える金の簪《かんざし》が揺れる様も、その独特の雰囲気と相まって天女が舞い降りて来たかのように幻想的で、野蛮人の王妃を辱《はずかし》めようと構えていた者達は、いつの間にか茫然と口を開けて王妃に見惚《みほ》れていた。

そして、何より。王妃をエスコートする国王レイモンドが、いつもの影の薄い控え目な印象を消し去り、王としての風格を醸し出していた。美しく初々しく、しかし長年連れ添ったかのように息の合った二人は、揃いの髪紐《ひも》を揺らして数多《あまた》の視線を物ともせず優雅に上品に階段を降りる。近くで見ると、金糸で施された揃いの蘭《らん》の刺繍《ししゅう》が光を反射して更に二人を輝かせていた。

二人が会場に降り立ったところで、公爵は漸《よう》く我に返った。

こんなはずでは……と焦りつつも、公爵は惚《ほう》ける妻の手を取り前に出ようとした。というのも、夜会では身分の最も高い者が最初にダンスを踊るのだ。

異邦人であるセリカ王妃がダンスを踊れるはずもないので、その最も高貴な役回りは公爵夫妻の

ものになるはずだった。これも今宵夜会を開いた理由の一つ。王妃を貶《おと》しめつつ、自分達の権威を見せ付ける好機。この好機を逃す手はない。

しかし、立ち止まった公爵は再び目を見開いた。

なんと、国王レイモンドと王妃が、会場の真ん中で向かい合ってダンスの構えをしているのだ。

そんな、まさか。公爵の戸惑いなど置き去りにして、音楽が流れ始める。

その瞬間、会場に響《どよ》めきが走った。

昨日この国に到着し、嫁いだばかりの遥か異国の姫君が、美しい衣装を翻《ひるがえ》して、完璧《かんぺき》にダンスを踊っているのだ。

釧の衣装は軽いのか、王妃が舞う度に白と紫の裾《すそ》が広がり、長い袖《そで》が揺れ、恐ろしい程に優雅で美しかった。

異彩を放つ王妃と、そんな彼女を堂々とリードする国王。見つめ合う二人の視線は甘く、そのステップは軽やかで、まるで最初から一つであるかのように完璧に揃っていた。

あちこちから感嘆の溜《た》め息《いき》が聞こえ、誰もが二人に見惚れた。常であれば、途中から周囲も踊り出すのだが、一曲まるまる踊り切るまで、誰も二人の横に並ぼうとはしなかった。

曲が終わり、二人が向かい合って礼をすると、自然と拍手が巻き起こる。

公爵は上げかけていた手を慌てて下ろしたが、公爵の妻も、ガレッティ侯爵も、王妃を蔑んでいた貴族達も、誰もが賞賛の眼差《まなざ》しを国王と王妃に向けていた。

これは、まずい。

鳴り止《や》まない拍手の中、公爵の頭には警鐘が鳴り響いていた。

◇

「何を考えている？」

注目を集める会場の真ん中で、レイモンドは踊りながら妻に問い掛けた。今日初めて見たばかりのダンスを完璧に踊る妻シュリーは、難しいステップとターンを難なく熟《こな》しながら、その視線をするりと会場中に動かしていた。

「陛下の敵と、味方となる者を見極めているのですわ。あの派手な口髭《くちひげ》の男が公爵ですわね？」

「……そうだ。よく分かったな」

「あれだけこちらに敵意を向けておりますもの。すぐに分かりましたわ」

クスクスと笑いながら、シュリーはその黒い瞳《ひとみ》をくるくると更に動かす。

「公爵の周りにいる取り巻きは、私に見惚れるあの間抜け顔を見るに大したことは無さそうですわね。少し突けばいくらでもこちら側に寝返りましょう。あちらの、直立不動の紳士は何方《どなた》です？」

「あれは……ガレッティ侯爵だ。政治の場では代々中立を保つ家門で、彼自身は厳格なことで有名だな」

「中立……成程《なるほど》。お隣にいらっしゃる奥様は、なかなか洒落《しゃれ》た格好をなさっておいでですのね」

「ああ。侯爵夫人はファッションや流行に敏感で、公爵夫人と並ぶ社交界の重要人物だ」

それを聞いたシュリーは、レイモンドに向けて美しく微笑《ほほえ》んだ。

「とてもよろしくてよ。色々と、順調ですわ」

「ん？」

何がだ？　と、レイモンドが聞く前に、何かに気付いたシュリーの瞳が、再び鋭く動いた。

「陛下、あのお方は？」

くるりと回り、シュリーの視線の先を見たレイモンドは、思わずステップを踏み外しそうになった。危なげないシュリーのフォローで醜態を晒《さら》さずに済んだが、一歩間違えれば社交界デビューを果たした妻に恥をかかせるところだった。

「すまない、大丈夫か？」

「うふふ、お気になさらないで下さいまし、シャオレイ」

笑いながらも、シュリーはもう一度、先ほど目に留めた男を見る。

「あのお方は、陛下が動揺するような者なのですわね？」

「ああ。彼は、魔塔の主ドラド・フィナンシェスだ。この国の魔法使い達の頂点であり、変わり者でこういった社交の場には滅多に姿を現さない。正直とても驚いた。何故《なぜ》、戴冠式にすら来なかった彼がこの夜会に参加しているのか……」

「魔法使い……と言いますと、釧で言う道士や仙師、巫師《ふし》の類《たぐ》いですわね。確かにあの者から強い霊力を感じます」

「霊力？」

キョトンとしたレイモンドを見て、シュリーはこの国で霊力を何と表現したか思索する。

「ええと……何と言ったかしら。ああ、そうそう、魔力のことですわ」

「それはそうだろう。彼はこの国始まって以来の強大な魔力の持ち主と言われている」

「あらあら、左様でございますか」

……あの程度で。というシュリーの小さな呟《つぶや》きは、レイモンドには届かなかった。

釧でいう霊力、西洋でいうところの魔力は、一部の人間のみが持つ超自然的な力のことで、アストラダム王国では魔力を自在に操り魔法や魔術を扱う者を魔法使いと呼んでいる。

そして魔法使いが集まり魔法と魔術を研究するのが魔塔であり、魔塔はアストラダムの王権とは切り離された権力を有している。

そんな魔塔の主として名高いドラドは、明らかにシュリーの方を一心に見つめている。その熱心な視線を受けて挑発的に微笑んだシュリーは、一段とレイモンドに身を寄せ、華麗にフィニッシュを迎えた二人のダンスは拍手喝采《かっさい》を浴びたのだった。


ダンスを終えた国王夫妻は、貴族達からの挨拶《あいさつ》を受ける。位の高い者からと順番が決まっている為、一番最初にやって来たフロランタナ公爵とその夫人へ向けて、セリカ王妃ことシュリーは秀麗な微笑を浮かべた。

「アストラダムの太陽と月に栄光があらんことを。国王陛下、王妃殿下。此度《こたび》の婚姻、誠におめでとうございます」

先程の剥《む》き出しの敵意を押し殺して、粛々《しゅくしゅく》と挨拶をした公爵は次の瞬間、大袈裟《おおげさ》に手を叩《たた》いた。

「おっと、これは大変失礼を致しました。セリカ王妃殿下は異国の出自。この国の崇高な言語を理解されておりませんでしょう。すぐに通訳をお呼び致しましょう。なに、無理をすることはありません。王妃が我が国の言葉を話せぬからと言っても何の問題もございませんので」

遠回しに、シュリーがこの国に馴染《なじ》まなくても構わない、延《ひ》いては余計な口出しなどせずお飾りの王妃でいろと見下す公爵に対して、他でもない〝セリカ王妃〟が笑みのまま答えた。

「お会いできて光栄でしてよ、フロランタナ公爵。ですが、お気遣い頂かなくて結構ですわ。私《わたくし》は既に、この国の王妃となる為アストラダムの言語を習得済みですの。折角提案して下さったけれど、通訳は必要ありませんわ」

あまりにも流暢《りゅうちょう》に話し出した王妃に、公爵だけでなく会場中が度肝《どぎも》を抜かれた。見た目は美しいが、黒髪黒目の明らかな異邦人である王妃が、ペラペラと少しの訛《なま》りも吃《ども》りもなく、この国の言葉を巧みに操り公爵に反論したのだ。驚異の視線が王妃へ向かう。

「……こ、これは。出過ぎた真似を致しましたな。どうぞお許しを」

他に何も言えずそう言う他なかった公爵へ向けて、王妃は厳《おごそ》かに頷《うなず》いた。

「勿論《もちろん》ですわ。異国人である私を慮《おもんぱか》ってのこと、よくよく理解しておりましてよ。どうもありがとう」

ふっと笑うシュリーは、敢《あ》えて砕けた言葉を使うことで公爵が自分より下の人間であるのだと周囲に知らしめた。

公爵の拳《こぶし》に力が入る。

しかし、公爵が何か言う前に、レイモンドが先に口を開いた。

「公爵、すまぬが今日は客が多い。そろそろ次の者に代わってくれるだろうか」

「なっ……！」

普段は大人しい甥であるレイモンドからそう促されて、公爵は血管がブチギレそうになるのを何とか堪《こら》える。公爵としてのプライドから、ここで恥を晒すわけにはいかない。

「オホン。左様ですな。慣れぬ異国で王妃殿下もさぞお疲れのことでしょう。私はこれで失礼致します」

妻を伴って踵《きびす》を返すその様は、隠し切れない苛立《いらだ》ちを滲《にじ》ませていた。


「アストラダムに繁栄と祝福を」

次にやってきたガレッティ侯爵夫妻の挨拶を受けて、シュリーはフロランタナ公爵に向けたのと同じ微笑を浮かべた。

「お会いできて光栄でしてよ」

「国王陛下並びに王妃殿下、ご婚姻おめでとうございます」

侯爵夫人の祝いの言葉を受けて、シュリーが穏やかな目を向ける。

「ありがとう。私はこの国の王妃としてまだまだ知るべきことが沢山ありますわ。至らぬところがあればどうか助けて頂戴《ちょうだい》。お話は変わりますけれど、夫人のお召しになっているドレスの刺繍は、もしかして蝙蝠《こうもり》かしら。とっても素敵ね」

シュリーにドレスを褒められた侯爵夫人は、その瞳を輝かせた。

「まあ！　やはり、王妃殿下にはお分かりになりまして？　この蝙蝠は、釧では幸福の象徴と伺《うかが》いましたの。王妃殿下への初めての拝謁《はいえつ》ですから、職人に無理を言って作らせたのですわ。実は私、釧の調度やファッションに興味がございまして、王妃殿下にお会いできるのを心待ちにしておりました」

熱心な侯爵夫人にシュリーは内心でほくそ笑む。

「それは嬉《うれ》しいわ。私の祖国はこの国ではあまり歓迎されていないようでしたから」

先程の公爵や、その他の貴族達を皮肉ったシュリーを見て、侯爵の目線が変わる。改めて、シュリーがお飾りなばかりの姫君ではないと認識したのだ。

「とんでもないことでございますわ！　釧のシルクや陶磁器は、今やこの国でなくてはならない貴族の憧《あこが》れの一つです。素晴らしい品を作り出す釧を貶めるような者がいるなど、信じられません。我が家にも、それは見事な青い花模様の陶磁器がございますのよ」

どうやら釧にかぶれているらしい夫人に向けて、シュリーは優しげに微笑んだ。

「藍花《ランファ》ですわね。実は釧の皇宮で使われているような一級品は、滅多に国外に出回らないのですわ。西洋に出回るものは、西洋用に作り分けされているものが多いのです。侯爵家にどのような逸品があるのか、是非《ぜひ》見てみたいわ」

「そうなのですか？　釧の皇帝陛下に献上されるような特上品とは、とても興味があります。王妃様、どうか改めて、釧のお話を伺いたいですわ。私のお茶会にお越し頂けませんこと？」

「勿論です。とても楽しみにしておりましてよ」

和《なご》やかな雰囲気で話が進む妻達とは別に、レイモンドと侯爵は堅苦しい挨拶を交わすだけで終わった。

「では、陛下。我々は失礼致します」

「ああ。感謝する、侯爵。今後とも宜《よろ》しく頼む」

「アストラダムの繁栄の為ならば、喜んでこの身を捧《ささ》げましょう」

「王妃様。お約束ですわよ。招待状を送らせて頂きますわ」

「ええ、お待ちしておりますわ」

フロランタナ公爵夫妻よりも長い時間を使って国王夫妻と挨拶を交わしたガレッティ侯爵夫妻は、朗《ほが》らかな夫人の笑顔を残してその場を去った。


「あー……、シュリー。彼等はいったい、どうしたのだ？」

貴族達の挨拶が一段落したところで、レイモンドは引き気味に妻に問い掛けた。

「さあ。私には分かりかねますわ」

二人の目線の先には、シュリーを見て号泣している釧の使節団がいた。

国王夫妻の挨拶が終わったことを確認したのか、彼等はいそいそとシュリーの前に並んだかと思うと、揃いも揃って跪《ひざまず》き、両手を組んで前に掲げた。

昨日、偉そうに釧の婚姻の文化について怒声を上げていた一番高位と思われる者が、異国語でシュリーに向かい切実に何かを訴える。シュリーは毅然《きぜん》とした態度で何かを答え、艶麗な笑みを浮かべた。

何だ何だ、と貴族達の好奇の目線が刺さる中、釧の使節団は、揃いも揃って声を上げて泣き出した。まるで子供のように号泣する異国人達に、周囲はドン引きだった。

「王妃、如何《いかが》したのだ?」

戸惑いながらレイモンドが問い掛けると、シュリーはここぞとばかりによく通る鈴の音のような声を張り上げた。

「この者達は、私との別れが惜しいようです。釧からこの国まで遥か遠い道のりを送り届けてくれた彼等に、最後の別れを告げたのですわ。私も感慨深い想《おも》いですが、これからはアストラダムの王妃として生きていくと、この国に骨を埋め決して釧には帰らぬと、彼等に宣言しましたの」

異国に嫁ぐ姫と、別れを惜しみ泣く家臣達。それはある意味では感動的な場面なのかもしれない。

しかし、それにしては釧の者達の様子が悲惨過ぎる。

どうもおかしい、とレイモンドは思った。というのもレイモンドは、昨日の婚姻式や初夜までの間、彼等がシュリーをぞんざいに扱っている印象を持っていたのだ。

それが突然、別れを惜しんで号泣とは、どういうわけだろうか。

しかし、訝《いぶか》しむレイモンドとは裏腹に、それを聞いていた貴族達は感嘆していた。

「王妃殿下は、釧でとても慕われていたお方なのね」

「あんなに悲痛に別れを惜しむとは、祖国でとても愛されていた姫君なのだろう」

「我が国の王妃となる為に言語も習得されたなんて、素晴らしいお方だわ」

釧人が鼻水を垂らして情けなく泣き叫べば泣き叫ぶほど、釧という国へ残念な目が向けられるが、シュリー個人への評価は上がっていった。

「シュリー、本当に大丈夫なのか？」

小声で問い掛けたレイモンドに向けて、シュリーは口元を隠しながら微笑んだ。

「問題ありませんわ。彼等は学んだだけですのよ。贈り物を届ける時は、よくよくその中身を確認すべきだと。とても良い教訓になりましたでしょうね」

「それは……それも釧の格言か何かか？」

「うふふ、はい。そんなところですわ」


こうしてレイモンド国王の妻、セリカ王妃は鮮烈な社交界デビューを果たした。

異邦人の王妃を誰もが蔑もうとする中、現れた王妃は息を呑《の》むほど美しく、洗練されており、容姿、ファッション、マナー、教養まで全てに秀でて完璧だった。

更には家臣から泣いて別れを惜しまれる程慕われる姫であり、婚姻したばかりの国王に献身的に寄り添う様は、そこに愛があるようにすら錯覚する程に好ましいものだった。

歓迎されていない雰囲気から一転、好感度を突き抜けさせた王妃は、居並ぶ貴族達に強烈な印象を残した。

この夜会を機に、もともとシルクや陶磁器といった釧製品への関心が高まっていたアストラダム社交界は、一気に釧ブームに突入することになるのだが、これもまたシュリーの策略だとレイモンドが知るのはもう少し先のことである。

「あらあら、陛下。随分とお疲れですわね？」

長い一日を終え、就寝を前にフラフラと現れたレイモンドを見て、ベッドの上で夫を待っていたシュリーは優しげな目を向けた。その顔を見て、レイモンドは固まる。

幼い印象を消す為、凛《りん》とした切長の目元を演出していた化粧を落としたシュリーは、美しく愛らしい素顔を晒《さら》して夫を見つめていたのだ。

化粧を施している時は陶器のように滑《すべ》らかな肌が、今はつるりと剝《む》きたての卵のように艶々《つやつや》して光を弾《はじ》かせていた。

「うふふ。いかがなさいまして？　私《わたくし》の顔に何かついておりますの？」

「いや……そなたは、化粧をしてもしなくても世界一美しいな」

素直に惚気《のろけ》る夫に毒気を抜かれたシュリーは、悶《もだ》えそうになるのを堪えて夫をベッドに促した。

「どうぞ横になって下さいませ。私が疲れを癒《い》やして差し上げますわ」

シュリーの細い手が、レイモンドへ伸ばされる。

「疲れを癒やす……？」

何を考えたのか、耳の先を赤らめたレイモンドを正面から覗《のぞ》き込んだシュリーは、可笑《おか》しそうに笑った。

「私、推拿《すいな》（マッサージ）には多少の心得がございますの」

「うっ……く、……！」

レイモンドは、ベッドの上で声を震わせていた。

うつ伏せに寝転んだレイモンドの腰に跨《またが》り、肩から背中、腰をシュリーの手が指が絶妙な力加減で押していく。硬くなっていた身体が骨ごと解《ほぐ》されていくようだった。

そのあまりの心地好さに声を抑えられないレイモンドは、何でも完璧《かんぺき》以上に出来てしまう妻に驚嘆しながらも、その手技に溺《おぼ》れていった。

「邪魔ですわね、少々お待ちを」

レイモンドの身体を押す度にシャラシャラと揺れていた指の装飾品と腕環を外したシュリーは、それらをサイドテーブルに置いた。

長い爪《つめ》を丸ごと覆《おお》うような、指の先に取り付ける金属製の不思議なその飾りを見て、レイモンドは疑問に思っていたことを妻に問い掛ける。

「何故《なぜ》、そなたは薬指と小指の爪が長いのだ？」

「これですの？　この国では違うようですが、釧《セン》では長い爪が美の象徴なのですわ。特に家事をする必要のない貴人は、自らの高位さを見せつける為に爪を伸ばしているのです。慣習のまま伸ばしておりましたが、特に思い入れもございません。陛下が不快に思われるなら、今すぐに切り落としますわよ？」

「いや、その必要ない。そなたはそなたのまま、いつでも在りたいようにいてくれ」

「……」

何の気なしに言うレイモンドのその言葉が、どれ程シュリーの心を救い、この奇縁を神に感謝したくなるか。レイモンドは知る由《よし》もなかった。

「その腕環も、見事な逸品だな」

シュリーがずっと着けていた腕環を改めて見たレイモンドは、その意匠の緻密《ちみつ》さに些《いささ》か驚いた。

「全《すべ》て金か？　装飾にサファイア、ルビー、琥珀《こはく》、エメラルド。繊細な彫りも実に見事だ。それは動物か？」

「こちらは四獣でございますわ。釧の四方を守る神獣、青龍《せいりゅう》、朱雀《すざく》、白虎《びゃっこ》、玄武《げんぶ》の四神。それぞれの目に宝石が嵌《は》め込《こ》まれておりますの」

「ふむ。釧の神獣か。やはりそれは、相当な品なのであろうな」

腕環を見下ろしたシュリーは、この腕環を後生大事にしていた父を思い出して冷ややかにニヤリと笑った。

「こんなものは、何の変哲もないただの腕環ですわ。釧の皇宮ではごくごく平々凡々な、ありふれたものですわよ」

「そうなのか？　釧という国は、実に興味深い」

腕環を見つめ続ける夫を見下ろして、シュリーは手を止めた。

「それで、どうです？　陛下のお身体《からだ》の凝《こ》りは大分解けたと思いますけれど」

「ああ。随分と楽になった。ありがとう」

シュリーが退《よ》けると、起き上がったレイモンドは正面に座る妻と向かい合わせになった。

「では次は、私の番ですわね。陛下、どうぞお手柔らかにお願い致します」

そう言ってするりと上衣を肩から落としたシュリーを見て、レイモンドの喉《のど》が鳴る。しかし、シュリーは悪戯《いたずら》に笑って夫を揶揄《からか》った。

「私も、今日は疲れましたわ。貴族達の相手に肩が凝ってしまって……揉《も》みほぐして下さいませんこと？」

「あ、ああ。そうか。そういうことか。こういうのは初めてであまり自信はないが……横になってくれ」

素直なレイモンドは、自分がしてもらったのと同じようにシュリーを寝かせ、上からその華奢《きゃしゃ》な肩をなぞった。

「うふふ、擽《くすぐ》ったいですわ」

「す、すまない。弱過ぎたか？　だが、あまり強くするとそなたの華奢な身体を壊してしまいそうで……」

「あら。言いましたでしょう？　私は、それほど軟弱ではございませんわ」

うつ伏せに寝転んだ妻が、首を捻《ひね》って背後の夫を見遣る。露《あら》わになった細い肩は白く滑らかで、甘い香りがした。

「もっと強くして頂いて結構よ、シャオレイ」

後ろ手に摑《つか》まれたレイモンドの手が、妻の腰に導かれる。釧の不思議な薄衣《うすぎぬ》は、そこにある紐《ひも》の結び目を解くだけで簡単に脱げてしまうことを、レイモンドは既に知っていた。

今度こそ誘われているのだと理解したレイモンドは、ゴクリと唾を飲み込み、背後から覆い被《かぶ》さるように妻に唇を寄せた。

◇

「それで。首尾はどうかしら」

シュリーは、呼び出したマイエに問い掛けた。

「とても順調でございます！　王妃様が提供して下さった釧の衣服を分析し、アストラダムの流行を取り入れた新作ドレスがもうすぐ完成致しますわ！　既にあの夜会の王妃様の衣装を見た貴婦人達から、釧風のドレスを作れないのかと問い合わせが殺到しておりますのよ！」

興奮気味のマイエが差し出したデザイン画を受け取って、シュリーは満足げに微笑《ほほえ》んだ。

「大変結構よ。でも一つだけ、このドレスには足りないものがあるわ」

「そんな、何でございましょうか……？」

「ドレスの宣伝名よ。全くの新作ですもの。何か宣伝効果のある名前を付けるべきじゃないかしら。そこで、相談なのだけれど」

デザイン画をピラピラと振ったシュリーは、弟子のマイエを手招きした。急いで近付いたマイエへ向けて、シュリーは口角を吊り上げる。

「私の名前を特別に貸してあげるわ。このドレスを『セリカ王妃モデル』として売り出すのよ。そして、今後同じ釧風のドレスを作る際は全て『セリカ王妃シリーズ』として展開していけば、宣伝効果は抜群じゃないかしら」

それを聞いたマイエは、目を輝かせた。

「王妃様！　お師匠様！　最高でございます！　王妃様の名前なんて宣伝効果しかありません！　何と慈悲深いのかしら、まさか我が店に王妃様のお名前を無償で貸して下さるなんて！」

喜ぶマイエに、シュリーは扇子《せんす》の先を向けた。

「あら。何を言っているの？　それは勿論《もちろん》、料金を頂くわ」

「………………え？」

「タダで王妃の名前を借りられると思って？　弟子ですもの。特別価格にしてあげるわ。売上の三割で手を打ちましょう」

「さ、三割⁉　王妃様、それは流石に……」

途端に尻込《しりご》みし出したマイエへと、シュリーは扇子を広げて口元を隠しながら畳み掛けた。

「私の衣装を一着、研究用に提供してあげたじゃない。他にも助言を沢山してあげたわ。刺繍《ししゅう》の指導もよ。それを全て、サービスしてあげてるのよ？　それくらいは破格だと感謝すべきだわ。私は別に、他の洋装店にこの話を持っていってもいいのよ？　いくら貴方《あなた》が最初にこのドレスを売り出したところで、今後同じ型のドレスがあちこちで模倣されて発売されるでしょうね。私の名前が付けば、他店との差別化、特別化が容易よ」

ピクピクっ、とマイエの体が跳ね、頭の中で計算しているように目が動く。

「理解したようね。それで？　返事は？」

シュリーは弟子に容赦なく決断を迫った。

「つ、謹《つつし》んでそのお話をお受け致します……」

頭を下げたマイエに、シュリーは満面の笑みを向ける。

「それで良いのよ。賢い弟子は好きだわ。上手《うま》くやってくれれば、今後安定的にシルクを仕入れられるようにしてあげる」

「シルクを⁉　本当でございますかっ⁉」

「まだ先になるでしょうけれど、ちょっとした計画があるの。うふふ、今より安価に確実にシルクを手に入れられる方法よ」

ぽーっと惚《ほう》けたマイエは、改めてシュリーの手腕に舌を巻いた。この人について行けば間違いないと思わせる凄《すご》み、どんな提案をされても思わず頷《うなず》いてしまう魅力を持つシュリーは、やはり只者《ただもの》ではない。

と、師弟が談義を交わしている場に、ノックの音が響いた。

「シュリー」

「陛下！　来て下さいましたの？」

その途端、パァッと美しい顔を更に美しく輝かせたシュリーが、やってきた夫に駆け寄った。

「仕事が一段落したので様子を見に来た。何か困ったことはないか?」

「陛下にお会いできず寂《さび》しかった以外は、特に何もございませんわ」

「そ、そうか……」

頬を掻《か》く照れた夫を見て、クスクス笑うシュリー。そんな二人の空気を察したマイエは、急いで荷物を纏《まと》めた。

「それでは国王陛下、王妃様、私は失礼させて頂きます」

「そうね。マイエ、良い報告を期待しているわよ」

マイエを見送ったシュリーは、レイモンドを座らせてその隣に滑り込む。

ぺったりとくっつく妻に再び頬を掻きながら、満更でもないレイモンドは抱えていた書類を取り出した。

「今日はこの書類を読んで終わりなのだ。ここで仕上げても構わないだろうか?」

「勿論ですわ。終わるまで、大人しくしております」

自分の隣にちょこんと座り、お茶を持ってきたり肩を揉んだり何かと世話を焼いてくれる可愛《かわい》い妻に気を取られながらも、レイモンドは書類に目を通しサインを終えた。

「この国の文字はウネウネとミミズがのたうち回ったような滑稽《こっけい》な文字ですわね。それに、文字を書く道具も奇怪ですし、紙も硬く黄ばんでいて粗末だこと」

夫の仕事が終わったことを悟ったのか、羽ペンと紙を興味深げに見るシュリーへ、レイモンドは驚いたように尋ねる。

「そなたの国ではペンを使わぬのか？　では何で文字を書くのだ？」

「筆ですわ」

「筆？　筆とは、絵を描く筆のことか？」

「釧では文字も絵も筆で書きますのよ。そうだわ。良い機会です。陛下に是非《ぜひ》、書を贈らせて下さいませ」

「書？　書とは……？」

何が何だか分からず首を傾《かし》げる夫に、シュリーは楽しそうに説明した。

「書とはそのまま、文字を書いたものですわ。美しい書は芸術品として取引され、時には高値がつき、しばしば貴人の邸宅に飾られるのです」

「文字を書いて飾る？　よく分からない文化だな」

飾るといえば絵画しか思い浮かばないレイモンドには、文字を飾るという発想が少しも理解できなかった。そんな夫を見て、シュリーは手を叩《たた》く。

「まあ、お見せした方が早いですわね。リンリン、ランシン。書の用意を」

侍女と宦官《かんがん》に命じたシュリーは、ニコニコと夫を見上げた。そして、最早お決まりとなった台詞《せりふ》を口にする。

「私、書には多少の心得がございますの」

【我愛你小蕾《ウォーアイニーシャオレイ》】（愛してるレイちゃん）

シュリーが書き上げた書を、レイモンドは長い間見つめていた。

「素晴らしい。実に素晴らしい。……これが釧の文字か？」

「左様ですわ」

「実にクールだ。珍妙でありながら、均衡《きんこう》が取れ巧妙で美しい。こんな文字であれば、文字を書くだけで芸術になるのも納得だ。この黒いインク、四角い石を擦《こす》り出して何をするのかと思ったが、あの硬く黒い石からインクができるとは。更にこの真っ白な柔らかい紙……そしてこの見事な筆。全《すべ》てが丁寧に作られていて、書というものへの情熱を感じられる」

書をいたく気に入ったらしいレイモンドの絶賛は止まらなかった。

「何よりも、書を認《したた》めている時のそなたの美しく凛々《りり》しい横顔、ピンと伸びた背筋の潔さ、思わず息を止めてしまうような空気感。何もかもが芸術であった。本当に素晴らしい。ちなみにこれは、何と書かれているのだ？」

褒められて嬉《うれ》しいシュリーは、機嫌良く夫の問いに答えた。

「こちらは釧の崇高な格言でございますわ。この世の真理を表現した言葉とでも言いましょうか。難解な上にあまりにも高尚過ぎて、この国の言葉に訳すのはなかなか難しいですわね」

「ほう……。そうか。シュリー、これは私への贈り物だと言ったな？」

「左様でございますわ。陛下のためだけに認めましたの」

「よし。これを玉座の間に飾ろう」

「…………はい？」

「私はこれをとても気に入った。この国で最も高貴な場所に飾るべきだ。すぐに額装を施して、手筈《てはず》を整えよう」

俄然《がぜん》やる気を出す夫を見て、シュリーは今一度、自分が書いた書を見下ろした。

【我愛你小蕾】(愛してるレイちゃん)

これが玉座の間に。国王が座る最も高貴な場所に。謁見に来た要人や異国の使者がレイモンドに拝謁する際、その目に必ず触れる場所に。

「陛下……それは、とても良い案ですわ！」

「そうであろう？」

「ええ。陛下に気に入って頂けて、とても嬉しいです。どうぞお好きなだけ、なるべく目立つところに飾って下さいませ」

「勿論だ。早速額縁の職人を呼ぼう。玉座の後ろに掛かっている絵を外して、最も目立つ場所を空けさせなければ」

和気藹々《あいあい》と書を前に語らい合う夫婦を見守りながら、書の意味を理解しているリンリンとランシンは、固く口を閉ざしていたのだった。

◇

「いったい、どうなっているんだ⁉」

フロランタナ公爵は、取り巻きの貴族達を前に怒りを露《あら》わにしていた。

「釧から嫁いでくるのは、何もできぬお飾りの姫だと言っていたではないかっ!」

テーブルを叩《たた》く公爵に怯《おび》えながらも、そのうちの一人が弁明する。

「我々もそう聞いていたのです、アストラダムの言葉を話すことはおろか、姫としての威厳すらないような、冷遇されていた名ばかりの娘だと……」

「あの王妃のどこが、名ばかりの姫なのだっ⁉ あの威厳、美貌、気品。そして異国語を完璧に操《あやつ》る聡明《そうめい》さ。あれは間違いなく、皇族としての教育を受けた正真正銘の姫君であろうがっ!」

「そう言われましても……」

「釧の使節団には確認したのか?」

「それが……宴《うたげ》の後は泣くばかりで、通訳が何を聞いても、『急いで釧に帰り、皇帝陛下にご報告しなければならない』としか言わなかったそうです。そして本当にそのまますぐ出立《しゅったつ》してしまいました」

役立たずな取り巻きの報告を聞いた公爵は、怒りに身を震わせながらも深呼吸をして落ち着きを取り戻し、腹心へと目を向けた。

「アルモンド。準備はできているな？　先延ばしにしていた例の件を進めるぞ」

「はい、閣下。全て私にお任せを」

深々と頭を下げた義弟を見て、公爵は自慢の口髭《くちひげ》を震わせた。

「今度こそ、レイモンドの権威を失墜させるのだ！」

◇

アストラダム王国に嫁いできた異邦人の王妃、近頃貴族の間で何かと話題に上るセリカ王妃ことシュリー。

夫であるレイモンドと良好な関係を築く彼女は、夫婦で共寝をするベッドの上でふと目を覚ました。

「陛下？　どこに行かれますの？」

まだ鳥も鳴かないような夜明けの前、ゴソゴソと起き出したレイモンドの気配を感じ取ったシュリーが問い掛けると、レイモンドは薄闇《うすやみ》の中で困ったように笑う。

「すまない、起こしてしまったな」

「それは良いのですけれど、こんな時間に起き出して何かございまして？」

ベッドの上に行儀良く起き上がったシュリーは、夜目の利《き》く黒目を夫に向けた。

「……そなたはまだ休んでいて大丈夫だ」

妻に心配を掛けさせまいと、レイモンドはシュリーの肩を優しく押してベッドに寝かせようとした。

「そういうわけには参りませんわ」

しかし、シュリーはレイモンドの力を利用してするりと夫の膝《ひざ》に乗り上げる。

レイモンドの長い金髪を手に取ったシュリーは、手櫛《てぐし》で整えるように夫の髪に手を入れて言い募《つの》った。

「陛下のお髪《ぐし》を整えるのは私の役目ですもの。陛下がお支度《したく》されるのであれば、私も起きませんと」

レイモンドの長い髪を初めて結った時から、シュリーは常にレイモンドの髪の支度を率先して行ってきた。

他の女に触れさせてなるものかと、揃《そろ》いの髪紐《かみひも》でレイモンドの髪を結う可愛い妻を、レイモンドは喜んで好きにさせている。

だが流石《さすが》に、こんな早朝から妻を起こすことに気が引けたレイモンドは、正直に話すことにした。

「これから練武場に行くのだ。どうせ乱れるだろうから、髪はそのままでいい」

「練武場ですか？　このような時間に？　いったい、何がございましたの？」

両頬《ほお》を摑まれて至近距離で妻と目を合わせられたレイモンドは、観念したようにシュリーの背中に手を回した。

「もうすぐ行われる王剣の儀に備えて剣の練習をしなければならないのだ」

「王剣の儀、でございますか？」

探るような目のシュリーに対し、レイモンドは古くからのアストラダム王国の風習について説明した。

「国王が即位した後に行われる儀式だ。今回は先王の葬儀やら私達の婚姻式やらで先送りになっていたが、昨日フロランタナ公爵から要請があってな。先送りにしていた儀式を三日後に執《と》り行うと」

レイモンドの言葉に、シュリーは柳眉《りゅうび》をピクリと動かした。

「それはまた、随分と急なお話ですこと。それで、その儀式はどのように行われますの？」

「即位した国王と選ばれた対戦相手が、決闘形式で剣を交えるのだ。……通常は国王の勝利をもって新たな王の誕生を祝福する」

レイモンドの声には翳《かげ》りがあった。少ない情報とレイモンドの様子から全《すべ》てを察したシュリーは、確信したように夫へ目を向ける。

「今回の儀式でもフロランタナ公爵は、陛下に恥をかかせようとしているのですわね？」

「……断言はできないが、今回この儀式で私と決闘する予定のアルモンド小侯爵はフロランタナ公爵の腹心だ。そしてこの国で最も優れた騎士でもある。彼に本気を出されてしまえば、私が敵《かな》う相手ではない」

レイモンドの声は沈んでいた。フロランタナ公爵の腹心であり義弟でもあるアルモンドが、レイモンドのために手加減をするような男でないことは、よく分かっているのだ。

「その者を指名したのもどうせ、公爵なのでございましょう？」

「そうだ。本来は王室の縁者が対戦相手を務めるのだが、私に家族はおらず、叔父であるフロランタナ公爵は剣を持たない。公爵の子息は海外に留学中で、フロランタナ公爵夫人の弟であるアルモンド卿《きょう》が選出された」

なんだかんだと理由を付けて選出した強い騎士を、レイモンドと対戦させる。その意図は明白だった。

「国王の即位を祝福する儀式であれば、どんなに屈強な騎士でも国王に花を持たせるのが通例のはず。それを無視して陛下に屈辱を与えようということかしら。どこまでも卑劣ですこと」

シュリーは小さな頭の中で様々なことを計算し、この事態について考えを巡らせた。

「歴代の国王で、この儀式で負けた者は一人もいない。私ではアルモンド卿に敵わないのは承知しているが、それでも私は国王として国民に無様な姿を見せるわけにはいかない。少しでも剣の練習をするために練武場に行ってくるのでそなたは寝ていなさい」

「そうは言われましても、何もこのような時間に向かわれなくても……」

「練武場を使用しているのは主にアルモンド卿率いる騎士団だからな。私が使用できる時間は限られているのだ。彼等が訓練を始める前のこの時間でなければ入ることすらできない」

どこまでも国王であるレイモンドを蔑《ないがし》ろにするこの国に、シュリーは腹が立った。

何もかもを奪われ、見せ掛けの王として祭り上げられた憐《あわ》れな男。目の前のこの男は他でもないシュリーの夫であり、シュリーが手を差し伸べ名実共に真の国王にすることを約束した相手だ。

レイモンドを馬鹿《ばか》にすることは、シュリーを侮辱するのと同義である。

「陛下、これまでこの儀式には、歴代の国王自身が直接参加されておりましたの？　代理を立てた事例はございませんこと？」

「あぁ。多くはないが、代理騎士を立てた国王もいた。身体的な問題や年齢等、理由は様々だが。しかし、私の名代《みょうだい》となってくれるような者はこの国にはいない」

自分が剣を持つしかないのだと、拳《こぶし》を握り締める夫を見下ろして、シュリーは更に問い掛けた。

「それでは、歴代国王の名代の中に、女性はおりまして？」

強い瞳《ひとみ》を向けるシュリーの問いに、レイモンドは難しい顔をする。

「……一人だけ。私と同じ名を持つレイモンド一世は王剣の儀の際、アストラダム初の女騎士を名代として指名した。彼女の名誉を知らしめるために。それが後にレイモンド一世の妃《きさき》となったメリヤ王妃だ」

それを聞いたシュリーは、薄闇の中でニンマリと微笑んだ。

「それは丁度良いではありませんか。奇《く》しくも陛下と同じ名を持つ王と、女騎士の王妃だなんて」

シュリーの顔を見たレイモンドは、グッと眉《まゆ》を寄せた。

「シュリー、そなた……まさか」

「私がおりますわ、陛下。どうぞ私を、国王レイモンド二世の名代としてその儀式にお送り下さいませ」

妻の提案に、レイモンドは瞳を揺らして狼狽《うろた》えた。

「しかし……」

そんな夫へと、シュリーは胸を張り自信満々に告げる。

「よくよく考えて下さいまし。アルモンド小侯爵と言えど、騎士は騎士でございましょう。女相手に手加減もせず勝利を収めたとあらば、それはそれは騎士としての名折れです。私相手に本気を出すことなどせず、陛下の名代である王妃に花を持たせてくれることでしょう」

「だが、そなたにそのような危険を犯させるわけにはいかない。そなたの身に怪我《けが》でもあればどうするのだ」

シュリーの両手を取り、仔犬のような目で自分を見上げる夫に、シュリーは今まで経験したことがないような甘い胸の疼《うず》きを覚えた。

「オホン。陛下、シャオレイ。心配には及びませんことよ。私はこう見えてもなかなか頑丈なのです。それに……」

揺れる夫の目を正面から捉《とら》えながら、シュリーは鈴を転がすような軽《かろ》やかな声を夜明け前の薄闇に響かせた。

「私、剣技には多少の心得がございますの」

◇

王剣の儀が行われる当日、王室の所有する闘技場には、貴族を始めとした観客がひしめいていた。

その貴族達の中心にあって踏ん反り返っているフロランタナ公爵は、見た目だけは大仰にレイモンドへ向けて礼をする。

「国王陛下、改めましてご即位、そしてご婚姻、誠におめでとうございます。この王剣の儀におかれましても、王国史に残る一戦となることを確信しております」

ニヤニヤと口髭の下の唇を緩める公爵は、今日こそ屈辱に沈む甥の顔を見られるのかと楽しくて仕方なかった。

そんな叔父を見て、レイモンドは周囲にも聞こえる声で告げる。

「……公爵。此度《こたび》の儀式だが、私は名代を立てることにする」

途端に周囲が騒《ざわ》めき立ち、公爵は表情を引き攣《つ》らせた。

「なんですと？　いったい誰《だれ》が？」

ギラついた公爵の目を物ともせず、レイモンドは隣に並ぶ王妃に目を向ける。

満面の笑みを浮かべる王妃が前に出て、優雅に頭を下げた。

「まさか、王妃様が？」

信じられない、とでも言いたげな公爵へ向けて、国王レイモンドは頷いた。周囲から上がる響《どよ》めきを他所《よそ》に、王妃が軽やかに声を張る。

「私、こう見えても故郷の釧では剣技を習ったこともございますの。剣を握れぬような全くの素人《しろうと》ではございませんわ。陛下の名代として何ら不足はないかと思いましてよ」

ギロリと王妃を睨《にら》んだフロランタナ公爵は、自慢の口髭を震わせて国王であるレイモンドに声を荒らげた。

「陛下！　いくらなんでも女を名代にするなど、恥ずかしくはないのですか！」

公爵の無礼な物言いに、レイモンドではなく王妃が毅然《きぜん》とした態度で答えた。

「あら。私、陛下にかのレイモンド一世の王妃、メリヤ王妃のお話を伺《うかが》いまして、感銘を受けましたの。女の身で騎士となり、王剣の儀で己《おのれ》の価値を証明したと。私もかの王妃に倣《なら》い、陛下の名代として立ちたいと志願したのですわ。陛下は私の意を汲んで承知して下さったまで。それの何が恥ずかしいと仰《おっしゃ》るの？」

フロランタナ公爵は周りから見えないように拳を震わせた。

レイモンド一世は自らが見初《みそ》めたメリヤ王妃の実力を知らしめるために騎士として叙任《じょにん》し、重要な王剣の儀の名代に立たせることで王妃の地位を確立させた。

そうして結ばれたレイモンド一世とメリヤ王妃の話はアストラダム史に刻まれる美談の一つであり、それを引き合いに出されては表立って反対する名分がない。

「左様でございますか……それは素晴らしいお心掛けでございますな。ではどうぞ、王妃様。国王陛下の名代として剣をお取り下さい」

怖気《おじけ》付いて逃げ出せばいいものを、と思った公爵の皮肉も虚しく、王妃は少しの迷いもなく答えた。

「ええ。レイモンド陛下の御代《みよ》が祝福されるべきものであることを、陛下の妃である私が証明してみせますわ」

ピクピクと目元を痙攣《けいれん》させて苛立つ公爵を受け流し、シュリーはレイモンドへと体を向けた。

「では、陛下。行って参りますわね」

目が合うと、レイモンドの瞳は揺れていた。

「シュリー……本当に行くのか」

周囲には聞こえない小声で、レイモンドはシュリーに問い掛けた。

「はい。私にお任せ下さいませ」

微笑んで決闘の場に向かおうとするシュリーを、レイモンドはその細腕を掴んで引き留める。

「陛下？　そんなに私が信用できないのでございますか？」

敢《あ》えて口を尖《とが》らせたシュリーが問えば、レイモンドは泣きそうな顔をした。

「それは違う。私はそなたを信じると決めた。そなたの何もかもを信頼している。そなたは必ずや、私に良い結果をもたらしてくれるだろうと信じて微塵《みじん》も疑ってはいない。しかし、この感情はまた別のものだ」

そう言うとレイモンドは、周囲の目など気にせずシュリーを抱き寄せた。

流石のシュリーも息を呑《の》んで固まる。

「どうか一つの怪我《けが》も負わないでくれ。万が一にでもそなたの身に何かあれば、私は絶望に打ちのめされ己が息をしていることすら呪ってしまう」

ゾクリ、と。シュリーの肌が粟立った。それは決して不快な感情からではなく、果てしなく言いようのない歓喜からだった。

こんな感情を、シュリーは知らない。

指の先まで甘い痺《しび》れが走り、胸が痛み、理由もなく泣きそうになる。これまでシュリーに縋《すが》る男は数多くいたが、この人を悲しませたくないと思ったのは初めてだった。

目の前の男がどうしようもなく可愛くて、それが自分の唯一無二の夫なのだと思うと堪らない気持ちになる。この不思議な感覚は、いったい何なのだろうか。

「お約束致しますわ、陛下。私は貴方様のもの。擦《かす》り傷《きず》一つも付けたり致しません」

柔らかな光をその瞳に乗せたシュリーは、誰もが国王夫妻の動向を見守る中で、そんなことは一つも気に留めず夫の頬に口付けを落としたのだった。

◇

アルモンドは、困った事態になったと目の前の小柄な王妃を見下ろした。

本当に剣を持てるのかと疑問に思う程の細い腕と、相変わらず煌《きらび》やかなドレス姿。

フロランタナ公爵の計画ではここで国王レイモンドを打ちのめし、アストラダム史上初の王剣の儀で負けた無様な王の汚名を着せようとのことだったが、流石に小柄な王妃相手に手加減もせず勝利したなどとなれば、騎士として不名誉極まりない。

国王相手ならばまだしも、王妃に勝利したところで屈辱を浴びるのはアルモンドだった。

王国史を学び進んで志願した王妃が負けたところで、国王側には一切《いっさい》のダメージもなく、寧《むし》ろ周囲の同情を集めてしまう。

それをよく分かっているフロランタナ公爵は、苦々しい顔でアルモンドに向けて首を振った。

ここは口惜しいが王妃に勝利を譲る他ない。適当に剣を交えて、慣例通り国王側に勝利を渡し祝福しよう。

異邦人であり小柄で華奢な王妃を送り込むとは、あの国王もなかなか小賢しい。そして男としては見下げ果てた奴《やつ》だ。

内心でレイモンドへと軽蔑《けいべつ》の眼差《まなざ》しを向けたアルモンドは、剣を手に王妃と対峙《たいじ》した。

「アルモンド卿。私の剣技は釧のものですから、少々やりづらいかもしれませんが、お手柔らかにお願いしますわ」

「……御意」

こんな時まで微笑む呑気《のんき》な王妃に、アルモンドは怒りを抑えてそっと頷いたのだった。


歓声が上がる中、開始の合図により剣を構えた王妃とアルモンドの剣がガキン、と交差する。

その瞬間。アルモンドは、目を見開いて王妃を見た。

ある域に達している騎士であれば、一太刀《ひとたち》で相手の力量が分かる。剣に生きてきたアルモンドもまた、その域に達していた。それ故に衝撃だった。この王妃は只者ではない。剣に乗る気迫が違う。

アルモンドが驚愕《きょうがく》し息を呑むその間にも、右に左にと単純な動線で剣と剣がぶつかる。

随分と手加減しているが、彼女が本気を出せばアルモンドでも勝てるかどうか怪しい。それ程までに小柄な王妃の一見拙《つたな》くも見える剣捌《さば》きから、強者のオーラが漂っていた。

観客から見れば、一応は形になっているものの、軽く剣を交わしているだけの茶番に見えることだろう。実際に王妃は実力を隠し、剣を交えるだけの簡単な攻撃しか仕掛けてこない。

しかし、その一撃一撃に、剣に生きてきたアルモンドを挑発するような揶揄《からか》いと、誘うような隙《すき》が入り乱れている。

王妃はあくまでも、微笑を絶やさない。

本気で掛かってこい、と。相手をしてやろう、と。騎士としてのアルモンドを刺激するかのような王妃の黒い瞳。

どう見てもひ弱な王妃から発せられる小馬鹿《こばか》にしたような挑発への苛立ちと、強者を前に挑戦してみたいという好奇心。

騎士心を擽《くすぐ》られたアルモンドは、抑え切れずに剣を握る手に力を籠《こ》める。

そして渾身《こんしん》の一撃を繰り出した、次の瞬間だった。

剣を弾《はじ》き飛ばされたアルモンドは、膝を突いて降伏の意を示していた。

周囲の者の目には、手加減したアルモンドが剣を投げ、王妃に花を持たせて国王の即位を祝福したように見えたことだろう。

拍手が起こり、シュリーは優雅に礼をする。フロランタナ公爵は小さく舌打ちをしながらも、笑顔を取り繕い皆と同じように拍手をしている。

異国の出自にも拘《かか》わらず、アストラダム王国史に語り継がれる美談になぞらえて剣を持った王妃は確かに称賛されるべきだ。

だが、それはそれとして。この試合は国王と王妃のための茶番、手加減と忖度《そんたく》の上に成り立った祝福である。誰もがそう思う中で、アルモンドだけは手を震わせていた。

あの一瞬、自分は確かに本気を出した。強者を前にしてついつい熱くなり、持てる限りの技量で剣を振った。

それをあっさりと撥《は》ね返したあの王妃。

小柄で華奢な異邦人。一見すれば美しさしか取り柄のないような、少女のように弱々しい細腕の王妃。

「いったい、何者なんだ……」

アルモンドの小さな呟きは、観客の拍手に掻き消されてしまった。


「シュリー！」

国民の前で勝利した王妃を讃《たた》え、並んで闘技場を後にすると。二人きりになった途端、レイモンドはシュリーを抱き締めた。

「無事で良かった」

「アルモンド卿が手加減してくれたのですわ」

震えるほど強く自分を抱き締める夫の背を叩いてやりながら、シュリーはレイモンドの胸に顔を埋めた。

「そなたが私のために何かをしてくれるのは嬉しい。しかし、あまり無茶なことはしないでくれ」

「あら。この程度のこと、ちっとも無茶なことではありませんわ。これからもっと、私は陛下のお役に立ちますわよ」

大袈裟だが可愛いレイモンドに、シュリーはクスクスと笑いながらそう告げた。しかしレイモンドは、より強くシュリーを抱き寄せる。

「役になど、立たなくてもいい。そなたがただここにいてくれるだけで、私は途方もなく救われるのだから」

シュリーのもたらす成果よりも、シュリー自身を求めてくれるレイモンド。

これまで生きてきた中で、シュリーは自分の能力や地位や権力、美貌だけではない部分を求められたのは初めてだった。

類い稀《まれ》な才能を利用しようとする者、その美貌を手に入れようとする者、手にした地位や名声を妬み、憎悪を向ける者。そんな者達ばかりのつまらない世の中で、偶然にもシュリーの夫となったこの男だけは、何かが違う。

シュリーは夫の腕の中で、どうしようもない擽ったさと、言い知れぬ温かさ、そしてこれまで経験したことのない安息を感じていた。

◇

その日シュリーは、ガレッティ侯爵夫人から送られてきたお茶会の招待状を受け取った。

「社交辞令ではなくちゃんと招待して下さるところをみると、侯爵夫人は本当に釧に興味がおありなのね」

ガレッティ侯爵夫人の手紙と、もう一通別の手紙をシュリーに持って来たドーラは、心配そうに王妃に申し出る。

「あの……差し出がましいかとは思うのですが、王妃殿下はお茶会についてご存じですか？」

「私が知っているのは、釧の後宮のとってもギスギスしていて楽しいお茶会だけよ。この国の貴婦人達のお茶会について、教えてくれると助かるわ」

ドーラがレイモンドの乳母だったと知ってから、シュリーはドーラに対して気安く話すようになった。頼りにされて嬉しいドーラは、シュリーのために懇切丁寧に説明した。

「もちろん、お茶を飲んで語らい合うのがメインなのですが、高位貴族の方々のお茶会ですと、いわゆる〝お土産《みやげ》〟が重要です。それぞれが参加者にプレゼントを持参するのです。そのセンスによって、お茶会での立ち位置が決まります」

ドーラの説明にふむふむと頷いたシュリーは、ニヤリと笑った。

「成程。お土産ね。そうねぇ。では、王宮で使われている食器の保管場所に案内してもらえるかしら？　それと、もう一通の手紙は燃やしといて頂戴《ちょうだい》」

ドーラに案内され、シュリーは王宮で使われる多種多様な食器の保管庫に来ていた。

「これも微妙ね。これも……物足りないわ」

皿を一つずつ吟味《ぎんみ》しながら、爪《つめ》で叩いたり指でなぞったりして何やら呟くシュリー。倉庫の中を全て見て回る勢いのシュリーは、端の方で埃《ほこり》を被っている食器を見つけて足を止めた。

他の皿はピカピカなところを見るに、この皿はあまり使われていないらしい。

「ふーん？　ドーラ、この食器はどこの工房から納められたのかしら？」

「そちらは……ええっと、王都の郊外にあるマイスンという工房から仕入れたものでございます」

細かい名簿を追っていったドーラが答えると、シュリーはその皿を取り上げて爪で弾いた。コンッと硬い音が鳴る。

「いいわ。明日にでもその工房の職人を呼んでくれるかしら？」

「承知致しました」

頭を下げたドーラに満足して、シュリーはカトラリーに目を向ける。大小様々なナイフやフォーク、スプーン。何の気なしに手に取っていたところで、シュリーはふと窓の外を見た。

「あら？　あれは……」

レイモンドは、深いフードを被り、金髪を一時的に魔法で茶色く染めて王宮の裏口へ向かっていた。

妻であるシュリーに黙って出るのは気が引けたが、まだ妻に話すのは早い気がして今回は一人で王宮を抜け出すことにしたのだ。

裏門の少し手前、城壁の下に抜け穴がある場所へ来たレイモンドは、身を屈《かが》めようとしたところで背後から声を掛けられた。

「陛下、お一人で何処《どこ》に行かれますの?」

ギクリ、と反応したレイモンドは、振り返って目を見開く。何をどうしてこんな所にいるのか。そこには妻である王妃、シュリーが笑顔を浮かべて立っていた。

「シ、シュリー……何故ここに」

シュリーは、ニコニコと崩れぬ微笑を浮かべながら夫に詰め寄る。

「コソコソと。変装までして、護衛の騎士も置き去りにして。王宮から抜け出して何処に行く気なのです? 私との時間を犠牲にしてまで行きたい所がありますの? よもや、他の女のところに行こうなどと……」

「誤解だ! シュリー、頼むから話を聞いてくれ! 正直に話す、いつかそなたを一緒に連れて行きたいと思っていたのだ! だからそのナイフは元の場所に戻して来なさい」

シュリーの手の中でギラリと光る銀色に顔を青くしながら、レイモンドは妻を宥《なだ》めた。終始笑顔なところが本当に恐い。

どうやら秘密の逢《あ》い引きに行くわけではなさそうだと判断したシュリーは、息を切らしながら駆け付けてきたドーラにナイフを渡した。

「私も連れて行って下さるのなら、陛下のお話を聞きましょう」

◇

簡素で粗末な馬車に揺られながら、レイモンドはシュリーに弁明していた。

「いつかそなたには同行して欲しいと、本当に思っていたのだ。予定より早くなったが、私の伴侶《はんりょ》であるそなたには、是非理解して欲しい」

神妙な様子の夫に少しだけ身構えたシュリーは、いったい何処に連れて行かれるのかとアレコレ思考を飛ばす。

しかし、シュリーが考え込んで想定したあらゆる事態を、レイモンドは呆気《あっけ》なく飛び越えるのだ。

到着したと聞いて馬車を降りたシュリーは、明るい笑い声が風に乗って聞こえてくるのに気付いた。声の雰囲気からして、大人の声ではない。

「子供……？」

王都の郊外に、ポツンと建つ山荘。その周囲で遊ぶのは、まだ幼気《いたいけ》な子供達だった。

「ここは、身寄りのない子供達を育てる孤児院だ。私が第二王子だった時代から私財を投じて援助してきた施設の一つでもある」

レイモンドの言葉を聞いて、シュリーは納得したと同時に息を吐いた。ここに来る為だけに、国王が変装して護衛も置かずに街に出るのだと思うと、溜《た》め息《いき》しか出なかった。

「レイさま！　レイさまが来た！」

レイモンドを見つけた子供が叫べば、走り回っていた子供達は一斉にレイモンドの元にやって来る。

『わぁー』と『きゃー』がそこら辺中に溢《あふ》れかえっていて、シュリーは瞳を瞬かせていた。その一人一人に挨拶《あいさつ》をしながら、レイモンドは優しい顔で子供達を見ていた。

「つまり……ここにいる子供達は、陛下にとても懐《なつ》いているのですわね？　そして陛下は、定期的に彼等に会いに来ていると」

挨拶が一段落して、庭で遊ぶ子供達を眺めながら、シュリーは夫に問い掛けた。

「まあ、どの子もここに来た時から見ているからな。第二王子として個人的になら慈善活動の一つとして黙認されていたが、国王としてここに私財を投じるのは、贔屓《ひいき》や差別と取られてしまう。表立っての援助ができず、コソコソと王宮を抜け出して会いに来るのがやっとなのだ」

できることなら、もっと子供達に何かをしてやりたい。

そう吐露《とろ》する苦しげな夫を見て、シュリーはまったくこれだからこの人は……と、目を細める。

そうしてまた一つ、夫の好きな部分を増やしたのだった。

と、そこでシュリーはある事に気がつく。

「……陛下。ここにある大量の木ですが。これは桑《くわ》の木ではないですか？」

「クワ？　それはマルベリーだと聞いたぞ？　甘い実のなる丈夫な木だ。子供達のおやつ代わりになればと私が植えたのだ。それがいつの間にか増えに増えたらしいな」

シュリーの思考が、常人には到底真似できない速度で駆け巡る。そして頭の中で算盤《そろばん》を弾《はじ》き出《だ》したシュリーは、思わずレイモンドの手を取った。

「シャオレイ！　やはり貴方様は世界一の旦那様ですわ！」

「……ん？」

「若くて従順な労働力、人里離れた場所、そして桑畑。私の欲しかったものが全てここに揃っております」

突然はしゃぎ出した妻についていけず、惚《ほう》けるレイモンドは、続く妻の言葉に絶句した。

「私が、セリカ王妃として新規の個人事業を立ち上げ、あの子達を雇いますわ」

◇

「レイさま、あのキレイな女の人は誰？」

「あれは私の妃だ」

「きさき？」

「そう。私のお嫁さんだ」

「わぁっ！　それじゃあ二人は、とっても、とーっても、あいしあっているの？」

幼い少女達に囲まれたレイモンドは、キラキラの無垢《むく》な目を向けられて頬を掻いた。

「……ああ。そうだ。私達は、とてもとても愛し合っている」

院長と話し込んでいたシュリーは、夫の元にやってくるとスッと目を眇《すが》めた。

「陛下。少し近過ぎじゃありませんこと？」

「ん？　何がだ？」

目を瞬かせるレイモンドを見て、シュリーは子供達の前で夫の膝に座った。

「な、何をしているんだ、シュリー！」

「陛下が女子に囲まれているから悪いのですわ。陛下のお側《そば》に侍《はべ》って良いのは私だけです」

プリプリと怒るシュリーを見て、レイモンドは絶句した。

「いや、シュリー。この子達は子供だぞ？」

「それが何だと言うのです。女には変わりありませんわ。私のシャオレイを誑《たぶら》かそうだなんて、百年早いわ。ちょっとそこの貴方《あなた》！　私がレイ様のお膝に乗るのは妻だからでしてよ。私以外が乗って良い場所ではないの。分かりまして？」

シュリーを真似てレイモンドに飛び付こうとしていた少女をピシャリと止めたシュリーは、女の子達を追い払うかのように手を振った。

「子供相手に何もそこまで……」

レイモンドの苦笑とは裏腹に、シュリーは本気だった。

「子供であろうとなかろうと、私から陛下を奪おうとする痴《し》れ者は切り刻んで魚の餌にしてやりますわ」

なかなか過激な妻に冷や汗を垂らしながらも、レイモンドはそんな妻を可愛いと思う自分もまた

重症であると自覚していた。

「それで。話は済んだのか？」

「ええ。院長には概《おおむ》ね了解を頂きましたわ。なので早速明日から、この建物の改修工事を始めます。こんなに隙間風《すきまかぜ》の多い建物では、大切なあの子たちが病気になってしまいますもの」

「あの子たち……？」

首を傾《かし》げるレイモンドを他所《よそ》に、シュリーは子供達に向き直った。

「良いこと、貴方達。私はこれから貴方達の雇い主となる、レイ様の妻ですわ。真面目《まじめ》に働けばたっぷり報酬を用意しましてよ」

「ほうしゅう？」

「はたらくの？」

「つらいことはヤダよ」

「詳細は次に来た時に説明しますわ。それまでにまず、院の改修工事をします。労働時間や報酬、休暇等の労働条件については貴方達の健康に配慮するわ。更に教育についても保証し、陛下や院長の意見も交えて考える予定よ。決して悪いようにはしないから安心して頂戴」

「しょうさい？」

「ろうどうじょうけん、ってなぁに？」

少しも子供達と話が通じないことに気付いたシュリーは、当惑しながらレイモンドに目を向けた。

「…………陛下、この子達を甘やかし過ぎではございませんこと？　これしきも理解できないだなんて」

「いや、このくらいの歳《とし》の子は普通、この程度だと思うのだが……」

「あ、あら。そうですの……ごめんなさい、私、所謂《いわゆる》〝普通〟というものがよく分からないのですわ。幼い頃から何をやっても必要以上に上手《うま》くできてしまうものですから……」

「それは……何となく、そうだろうなという気がするが」

本気で取り乱し出した妻を見かねて、レイモンドは子供達に声を掛けた。

「私の妻が、君達のために仕事を用意してくれる。この建物も、新しくしてくれるんだ。仕事をしてお金がもらえれば、君達が大人になっても生活に困らなくて済む。そのための準備をしているから、もう少し待ってくれ。仕事はあまり君達の負担にならないようにする。だから私の大切な妻に協力して欲しい」

レイモンドの言葉に、子供達は顔を輝かせた。もらったお金で何を買おうか、美味《おい》しいものは食べられるか、もう隙間風で寒い思いをしなくて済むのか、と。期待に胸を膨らませる子供達。

レイモンドとシュリーは、並んで楽しげな子供達の様子を見ていたのだった。

◇

「いったい、何を始める気なのだ？」

王宮に戻ったレイモンドがシュリーに問うと、シュリーはリンリンとランシンに命じて木箱を持って来させた。

「これでございます。もうすぐ休眠が終わり、卵が孵《かえ》る頃でしたのでちょうど良かったですわ」

木箱の中を覗いたレイモンドは、思わず跳び上がった。そこに在ったのは、ブツブツとした、無数の小さくて丸い塊。

「な、な、何だこれは？　虫の卵か⁉」

ゾッと鳥肌の立ったレイモンドが声を裏返させると、シュリーはクスクスと笑みを零《こぼ》した。

「虫は虫でも、ただの虫ではございませんわ。これは蚕《かいこ》の卵です」

これが蚕だと知った瞬間の夫の反応を楽しみに待つシュリー。しかし。レイモンドは驚くわけでもなく、キョトンとして妻を見返した。

「カイコ？　この虫が、何か役に立つのか？」

目をパチパチさせる夫を見て、シュリーは大きな瞳を限界まで見開いた。

「まさか……蚕をご存じないの？」

「……この虫は、そんなに貴重なのか？」

少しも話が伝わらず、シュリーはレイモンドの手を取り、自身の胸元《むなもと》に当てた。

「シュ、シュリー！　まだ昼間だぞ？　何を考えて……」

「違いますわ、それはまた夜のお楽しみに取っておいて頂いて、私が触って頂きたいのはこれでございます」

シュリーの手が導いたのは、シュリーの着ているシルクの衣装だった。

「これはまた……上質なシルクだな」

「陛下は、この絹が何からできているかご存じですか？」

「それは……ふむ。考えたこともなかったが、確かにこの手触りは尋常ではない。余程特別な羊の毛でできているのでは？」

「羊の毛……」

今度こそシュリーは、フラフラとよろめいた。

「シュリー！　大丈夫か？」

「え、ええ。ちょっとしたカルチャーショックを受けたようですわ。まさか、絹が羊毛でできていると思われていたなんて」

何とか立ち直したシュリーは、改めて夫に説明した。

「陛下。よくお聞き下さい。この蚕こそが、絹の原料なのでございます」

それを聞いたレイモンドは、たっぷり十秒は押し黙った。

「……これが？」

「はい」

「この虫が、シルクになると？」

「左様でございます」

レイモンドは、鳥肌を立たせながら木箱の中の卵をもう一度覗き込んだ。そして理解しようとして失敗したのか、文字通り頭を抱えた。

「ちょっと待ってくれ。いったいどうやって、虫から布ができるのだ？」

◇

シュリーから蚕とシルクの説明を受けたレイモンドは、目眩《めまい》を覚えた。

「つまり……この卵から出てきた幼虫が桑の葉を食べて成長し、蝶《ちょう》と同じように蛹《さなぎ》になる際に、繭《まゆ》という玉を作るのだな？　それを煮て、細い糸を取り出して、撚《よ》り合わせたものが生糸《きいと》で、それで織った布がシルクであると」

「左様でございますわ」

レイモンドにとっては奇異荒唐な話だが、シュリーが言うのならそうなのだろうと信じる他なかった。

「まさかシルクの正体が、このような虫だとは。釧以外の国ではあまり知られていないのではないか？」

相当な衝撃を受けたらしいレイモンドを見て、シュリーはふむふむと頷く。

「そうかもしれません。思えば、釧では蚕について厳しい規制がございましたもの。その技法は勿論のこと、蚕を国外に持ち出すのは重罪。発覚すれば即死罪です。本人だけでなく、一族郎党に至るまで」

「なっ!?　そんな危険を冒してまで蚕をこの国に密輸したのか？」

驚愕するレイモンドに、シュリーは何でもないことのように鼻を鳴らした。

「あら。貴方様と婚姻した私はもうアストラダム王国民ですわ。釧の法律など知ったことではありません。それに……私の一族郎党と言えば即《すなわ》ち、釧の皇族や官吏ですもの。私を処罰しようとすれば、彼等は自分達の首を絞めることになるのです。私を咎《とが》めたところで誰が得をするのです？」

ケラケラと笑う妻に、これぞシュリーだなと思いつつ、レイモンドは、改めて木箱の中を見た。

「つまりこの卵は、宝を産む金の卵なのだな」

「左様でございます。きっと役に立つだろうと、嫁入り道具の中に卵を隠して持ち込んだのですわ。ちょうど卵の休眠期に重なりましたので、持ち運びも楽でした」

「……遠い異国に嫁ぐからと、これを持って来ようとする花嫁はなかなかいないのではないか」

「そうでございましょうね。普通の姫ならそんな発想すらないでしょう。考えついたとしても途中で見つかっていたでしょうね。勿論、私はそんなヘマは致しませんが。陛下の花嫁が私で良かったですわね」

美麗な顔で胸を張って微笑む妻を見て、レイモンドはキュンとしてしまう。シュリーのこういった大胆で不敵で自信満々で、普通ではないところが、どうにもレイモンドのツボにこれでもかと嵌《はま》って仕方なかった。

「私の妻はそなた以外考えられない」

レイモンドが真面目な顔でそう言うと、シュリーはその大きな黒目を輝かせた。

「まあ！　そうでございましょう？　シャオレイ、もっと私を褒めて下さいませ」

するりと抱き着いてきた妻を受け止めて、レイモンドはどこまでも真面目に妻の要望に応《こた》えた。

「そなたは美しく聡明《そうめい》で多才で、時に妖艶《ようえん》であり、可憐であり、豪胆で優雅だ。そして強くしなやかで、突拍子もないことをする姿さえ愛らしい。そなたのような女は他にいない。私には勿体《もったい》無いほどに最高の妻だ」

レイモンドの腕の中で頭を撫《な》でてもらいながら、シュリーは胸をときめかせて夫の言葉を噛《か》み締《し》めた。

感嘆、驚異、畏怖、賛美に崇拝。数多《あまた》の美辞麗句を受けたことのあるシュリーは、そのどれよりも夫からの言葉に胸を躍らせた。レイモンドが真《ま》っ直《す》ぐに見ているのは、シュリーの能力や外観だけではない。もっと内面的な、シュリーの普通ではない部分まで、レイモンドは見てくれている。そう感じられるからこそ、シュリーは夫が愛しくて仕方なかった。

「……私をこんなに夢中にさせる男も、貴方様だけですわ」

「ん？」

「うふふ。どうやら私達は、『とてもとても愛し合っている』お似合いの夫婦のようですわね」

「なっ⁉　あれを聞いていたのか？」

「当然ですわ。陛下が他の女と楽しげに話しているのを、黙って見ているはずがないでしょう？　ちゃんと聞いておりました」

妻の宣言に、レイモンドは眉を下げて恥ずかしげに頬を掻いた。

「……間違ってはいない。……そうであろう？」

おずおずと。しかし、ハッキリとそう言ったレイモンドに、シュリーは心臓が飛び出すかと思った。急に子供のように不安げな顔で、何を言い出すのかこの男は。夫が可愛くて可愛くて可愛過ぎてどうにかなりそうなシュリー。

あまりの愛おしさに指先まで痺《しび》れる程の手を、レイモンドの頬に滑らせて。シュリーは、夜にしか見せない顔で夫を見上げた。

「当然ですわ。陛下……私のシャオレイ……」

毎夜見せつけられているその視線や表情に、レイモンドの喉が鳴る。

「シュリー……」

昼間がどうのこうのと言っていた新婚の夫婦は、堪《こら》え切れずに互いを引き寄せ合った。

「それで……この虫を、子供達に育てさせるのか？」

乱れた髪やら服やらを直しながら、レイモンドは改めてシュリーに問い掛けた。

「はい。虫を育てるには、大人より子供の方が適していますでしょう？　大人は陛下のように虫に嫌悪感を示しますもの。陛下に懐いている従順な彼等は幼いうちに洗脳……教育すれば、立派な職人になりますわ」

床に落ちた簪《かんざし》を拾い上げながら、シュリーはニヤリと笑う。

「それにあの場所は人里離れていて秘密保持には打ってつけ、更には陛下が植えられた桑は蚕の唯一の餌。あれ程条件の良い場所は他にありませんことよ」

「それは……確かに。そうかもしれないが……こういった生物の飼育には専門的な知識がいるのではないか？」

「あらあら、陛下。私を誰だとお思いですの？　私にお任せ下さいませ」

シュリーは、いつものように手を胸に当てて厳《おごそ》かに微笑んだ。

「私、養蚕《ようさん》には多少の心得がございますの」

第六章　攻守所を異にする

「なんだこの報告書はっ！　殆《ほとん》ど白紙ではないかっ⁉」

フロランタナ公爵は、王妃に関する報告書を手に取り中身を確認すると、怒りの形相で怒鳴り散らした。

報告書を投げ付けられたアルモンドの部下の一人が、土下座する勢いで頭を下げる。

「申し訳ございません！　お申し付け通り、王妃に探りを入れようとしたのですが……不思議なことに、王妃の元に送り込んだ間諜《かんちょう》が、誰《だれ》一人戻って来ないのです」

「何だと？　それはいったい、どういうことだ……？」

「分かりません……誰一人連絡が取れず、行方《ゆくえ》知れずのままです。逃げ出したのか、寝返ったのか、はたまた抹殺された可能性も……」

顔を青くするアルモンドとその部下に、公爵は顔を引き攣《つ》らせながらも声を荒らげた。

「そんなことがあり得るわけないだろう⁉　お前の調査が甘過ぎるのだろうが！　今まで何人送り込んだのだ？」

「……十三人です」

「じゅっ⁉　それが全員、戻って来ないと言うのか⁉」

「はい。もう誰も、この任務を受けたがる者がおらず、私も途方に暮れております。閣下、あの王妃は只者《ただもの》ではありませんっ！　あまり手を出さない方が良いのではないでしょうか……」

「閣下、私もあの王妃は只者ではないと思います。王剣の儀で対峙《たいじ》した王妃はかなりの実力を隠し持っていました」

必死な部下達の懇願《こんがん》を受けて、公爵はわなわなと震える手で拳《こぶし》を握り締めた。

その只者ではない王妃が、傀儡《かいらい》として据えた国王の側《そば》にいるこの状況は、公爵にとって非常に良くない状況だった。

「……レイモンドと王妃の仲は、本当に良好なのか？」

「はい、それだけは確実です。二人連れ立って歩く姿は多くの者に目撃されておりますし、国王陛下は王妃を迎えてから毎夜王妃様の元へお渡りです」

「………それは、良くないな」

目をギラつかせた公爵は、自慢の口髭《くちひげ》を触って立ち上がった。

「愚かな甥《おい》には忠告が必要だ」

◇

急に押し掛けてきた公爵を、レイモンドは玉座の間で出迎えた。

いくら叔父であるからと言え、あまりにも急な謁見要請。頭痛を覚えながらもレイモンドは、ふんぞり返ってやって来た公爵と対峙した。

「アストラダムに栄光を。陛下におかれましては……」

お決まりの挨拶《あいさつ》を早口で口にしようとした公爵は、レイモンドの背後を見上げて固まった。

何事かと思ったレイモンドが背後を振り返ると、そこにはデカデカと掲げられた、シュリーの贈った書が異様な存在感を放っていた。

「ああ、これは王妃が書いたものだ。釧《セン》ではこういった文字を書き、芸術品として飾るらしい。実に見事だと思わないか？」

「は、はい……」

思わず頷《うなず》いてしまった公爵は、色とりどりの絵画が並ぶ中で目を引く白と黒だけの書を、単純にカッコイイと思って見惚《みほ》れてしまった。

奇妙な紋様は、釧の文字なのだろうか。何と書かれているかは分からないが、緻密《ちみつ》で繊細な造形が美しく、バランスよく並んだ文字が真っ白な紙に映えて流れるように踊り、何時間でも眺めていられそうだった。

「これを認《したた》めた際の王妃がまた実に優雅でな。知っているか？　釧では筆で文字を書くのだ。インクは黒い石を削り出して作り、書を書く際は……」

いつも大人しい甥が珍しく饒舌《じょうぜつ》になったのを見て、公爵は我に返った。

「おほん。陛下、書の説明は結構です。本日はその王妃殿下のことで、陛下にご相談に参ったのです」

「……………王妃のこと？　なんだ？」

身構えたレイモンドへと、公爵は前のめりで言い放った。

「陛下はあの野蛮人の姫に肩入れし過ぎでございます。異邦人の王妃をそのように丁重に扱われては、我が国の王室の威信に関《かか》わるかと。距離を取り、決して寄せ付けてはなりません」

それを聞いたレイモンドは、玉座の肘掛けをミシリと音がする程強く摑《つか》んだ。

「………それは可笑《おか》しな話だ。王妃を釧から招き、私の妃にと推薦したのは、他でもない公爵、そなたではないか。婚姻も済んだ今更、何を言い出すのだ」

静かに怒りながらも、レイモンドは努めて冷静に言い返した。

そんなレイモンドを小馬鹿《こばか》にするように、公爵は鼻を鳴らす。

「それはあくまで、釧との交易の為でございます。王妃が嫁いだ今、釧との国交が強固となり、シルクや陶磁器が優先的に我が国に納められるようになりました。しかしながら、王妃個人を丁重にもてなす必要はありません。万が一にも異邦人の王妃が身籠《みご》もり、権力を持っては如何《いかが》するのです。名ばかりの王妃として放置すべきです」

自分の熱弁に酔い痴《し》れる公爵は、レイモンドの目が異常なほど鋭くなっていることに気付かなかった。

「されども、若く精力漲《みなぎ》る陛下がお辛《つら》いと仰《おっしゃ》るなら、愛妾《あいしょう》を側《そば》に置くのも良いかもしれません。私に心当たりがございます。よくよく陛下のお相手ができるような、若く美しい娘が……」

「黙れ」

公爵は、聞き間違いかと思った。大人しく、公爵の言うことであれば従う他ないはずの甥が、公爵に向かって『黙れ』とは何事か。

眉《まゆ》を寄せた公爵は、顔を上げて思わず後退《あとずさ》った。

見たこともない様な形相で、レイモンドが怒りを露《あら》わにしていたのだ。その周囲には思わず頭を下げたくなるような威圧感が漂っていた。

「愛妾だと？　そんなものは不要だ。二度とその話はするな。特に、王妃の前でその話をすれば、命は無いものと思え」

「なっ……！　私を脅す気か⁉」

驚愕《きょうがく》する公爵とは裏腹に、レイモンドは怒りつつも焦《あせ》っていた。もし、万が一にも、今の話を嫉妬《しっと》深いシュリーに聞かれていたら。この国は終わる。間違いなく、確実に滅ぼされる。血祭りだ。

公爵への牽制《けんせい》ももちろんあるが、それ以上に言葉の通り、シュリーの前でそんな話をすれば公爵の命が危うい。死ぬだけで済めば良い方だ。

自分をいいように操《あやつ》ろうとする憎い相手ではあるが、叔父であることに変わりはない。そんな公爵が手足を切り刻まれてあらゆる拷問《ごうもん》を受けた果てに笑顔のシュリーに首を切り落とされる様がありありと脳裏に浮かび、レイモンドは怒りや憎しみを超えて親切心で公爵にそう言っていた。

しかし、当の公爵はそんなレイモンドの想《おも》いなど知らず、甥に口答えされた屈辱に憤怒していた。

「私に向かってそのような態度をとっていいのですか、陛下！　よく分かりました。いいでしょう。陛下がそのつもりならば、私にも考えがあります。きっと陛下は後悔されることになるでしょうな」

こうして国王と公爵との間に決定的な確執が生まれたのだった。

◇

「私を弟子にして下さいっっ‼」

シュリーを前に、土下座する勢いで頭を下げる男。

シュリーが呼び出したマイスン窯元《かまもと》の陶工、ベンガーである。マイエと同じように、最初は東方の野蛮人王妃を見下すような態度だった彼は、ものの数分で様変わりし、シュリーに跪《ひざまず》いていた。

「まさか……東洋の神秘、白い金《きん》とさえ謳《うた》われる白磁の製法を教えて頂けるとは……っ！　釧以外には決して伝承されぬ秘技中の秘技だというのにっ！」

「大したことではないわ。私《わたくし》、陶芸には多少の心得がありますの」

ニヤリと笑ったシュリーは、扇子《せんす》を閉じてシュリーを崇拝の眼差《まなざ》しで見上げるベンガーに向き直った。

「貴方の作った皿を見ましたわ。何の面白《おもしろ》みもない皿でしたけど、釧の白磁の製法を真似ようとした試行錯誤がありありと見て取れましてよ。材料に関してはいい線をいっていると思うわ。王宮にある皿の中で一番見所があったので、貴方を選んだまで。それで、本気で私の弟子になりたいのかしら」

「勿論《もちろん》でございます、王妃様！　東洋の白磁を作り出すことは、西洋の窯元の悲願。これが成功すれば、我が窯元は西洋一の称号を得られましょう！」

ベンガーの必死な様子を眺めたシュリーは、リンリンとランシンに合図してある物を持って来させた。

「これは釧で皇帝陛下が愛用していた皿よ。そしてこれは、私がレイモンド陛下に贈った書の文字。これを組み合わせた白磁の絵付け皿を、一ヶ月以内に三十枚用意しなさい。妥協は認めないわ。私が納得する出来のものをね。そうすれば弟子にしてあげましてよ」

「い、一ヶ月でございますか……!?」

「できないと言うのであれば、他の陶工を呼ぶわ。納期を守らなかった場合と失敗した場合は、白磁の製法を公開して西洋中に広めますことよ。西洋唯一の白磁窯元の座を手に入れたければ、私に従うことね」

ベンガーは、美しく笑う王妃が恐ろしくて仕方なかった。全く新しい製法で磁器を完成させなければならないばかりか、普通の陶芸品の納期と変わらぬ短い期間で釧の文字を組み込んだ絵付けをするという無理難題。一ヶ月間の不眠不休は確定である。

しかしそれでも、東洋の白磁技術が手に入れば、窯元の大成は間違いない。それ程までに誰もが喉《のど》から手が出る程に欲しい技術なのだ。

「つ、謹んで。やらせて頂きます……」

「結構よ。期待しているわ。そうね、流石《さすが》に可哀想《かわいそう》だから、絵付けのデザインは私が考えて差し上げる」

「あ、有《あ》り難《がた》き幸せ！　王妃様、何と御礼を申し上げてよいか……」

「あら。礼を言うのはまだ早過ぎましてよ。まずは白磁の製法を、みっちり教え込んであげますからね。覚悟して頂戴《ちょうだい》」

うふふ、と楽しげに笑うシュリーを見て、ベンガーは思った。鬼だ。この美しき東方の姫君、我が国の王妃殿下は、間違いなく鬼だ。悪魔だ。鬼畜だ。真正の嗜虐趣味者だ。と。


「王妃殿下、先程のお話……侯爵夫人のお茶会には間に合わないのではないですか？」

心配するドーラへ向けて、シュリーは柔らかく微笑んだ。

「ベンガーに依頼した皿は、別の用途に使うつもりよ。侯爵夫人のお茶会には、私の嫁入り道具の中から貴婦人達が好みそうなものと、私の刺繍《ししゅう》を持参するわ。流行の刺繍の図案を用意してくれるかしら」

「はい、すぐにお持ちします！」

ドーラが出て行ったのと入れ違いに、シュリーの夫であるレイモンドがシュリーの元を訪れた。

その姿を見て、シュリーは思わず駆け寄る。

「まあ、陛下！　いったい何があったのです？」

レイモンドを一目見たシュリーは、一瞬でその顔から疲れを読み取ったのだ。そしてレイモンドの手を引いて座らせた……どころでは飽き足らず、隣に座り込んで自分の膝《ひざ》を枕《まくら》にレイモンドを寝かせた。

「シャオレイ……こんなに窶《やつ》れて。無理をなさらないで下さいまし」

「いや、そんなに顔に出していたつもりはなかったのだが……」

「それでも私には分かりますわ。何かありましたの？」

「……少しな。公爵が謁見に来て、相手をするのに疲れたのだ」

とても公爵との会話の内容をシュリーに言えないレイモンドは、それだけ言って誤魔化《ごまか》そうとした。しかし、そんな誤魔化しがシュリーに通用するはずもない。

「つまり……私に言えないような話を公爵から持ちかけられて、お疲れになったのですわね」

ギクリ。と、レイモンドが固まる。レイモンドの頬《ほお》を撫《な》でていたシュリーの手の、薬指と小指の長い爪先。それを覆《おお》う金属の装飾が異様に冷たく感じられる。

「よろしいのですわ、陛下。だいたい想像ができますもの」

「シュ、シュリー……？」

「大方、公爵から巫山戯《ふざけ》た話を持ち掛けられましたのでしょう？　例えば……愛妾を置けだとか」

「い、いやそれは……っ」

レイモンドは妻の顔を見るのが恐ろしかった。いくら何でも勘が鋭過ぎる。公爵が切り刻まれる想像がより鮮明になり、レイモンドは慌てて妻の手を握った。

「こ、これだけは言わせてくれ。私は今後、そなた以外を女として見ることは絶対にないっ！　私に秋波を送るような女と会話することも、目を合わせることも、接触することすらしないと誓おう！　私にはそなただけだ、シュリー」

「陛下……」

満面の笑みでドス黒いオーラを漂わせていたシュリーは機嫌を直し、優しくレイモンドを撫でた。

ホッとしたのも束の間。

「分かりましてよ。あまり過激なことは致しませんわ」

「……」

それは、過激じゃないことはするという意味なのか……とは、レイモンドは怖くて聞けなかった。

「良い機会です。陛下のこれまでのこと、公爵との関係、全《すべ》てお聞かせ下さいませんこと?」

妻にそう言われたレイモンドは、妻の膝に寝転んだまま深く息を吐くと一度目を閉じた。

シュリーから香る甘く不思議な香り。それはレイモンドを落ち着かせ、公爵との謁見で強張《こわば》っていた体が嘘《うそ》のように楽になっていった。

両親と兄を亡くしてから、暗闇《くらやみ》の中に一人投げ出されたようにわけも分からず足掻《あが》き苦しんできたレイモンドは、やっと拠《よ》り所を見つけたのだ。

強く頼もしい妻が、その美しい笑顔や声でレイモンドを引き上げてくれる。一度は絶望し、全《すべ》てを投げ出したいとさえ思っていたレイモンドは、シュリーに出逢ってもう一度前を向くことができた。

「私は、自分が王位に就くとは思ってもみなかった。優秀な王太子の兄がいたからな。私自身が前に出て国を主導する立場になることなど、永遠にないと思っていた。両親と兄が死ぬあの日まで……」

「お三方に何があったのです」

「……分からない」

「何ですって？」

「最初は馬車の事故だったと聞いた。それが……最終的には父の忠臣達の陰謀だったとされた。そして彼等は公爵の手により粛清された。しかし、真相は闇《やみ》の中だ。遺された私には家族も味方もおらず、公爵の言うままそれを事実として飲み込む他なかった」

それを聞いたシュリーの頭の中で、様々な情報が駆け巡る。そして苦しげなレイモンドを見て、シュリーは生まれて初めて他者の心を慮《おもんばか》ろうとした。

「陛下はどうしたいのです？　真相を知りたいと思いますか？」

シュリーは十中八九公爵が黒幕であると断定していた。いつものシュリーならば公爵の罪の証拠を集め、あっという間にその罪を暴《あば》くだろう。しかし、夫であるレイモンドが辛い現実から目を背《そむ》けたいと言うのであれば、全力で夫の気持ちに寄り添おうと思った。

自分が他者を思い遣れるということを、シュリーはレイモンドに出逢って初めて知った。

「……今はまだ、何も考えたくはない。公爵は唯一残った私の肉親なのだ」

消え入りそうなその吐露《とろ》は、暗に事件の真相について思うところがあると滲《にじ》ませるものだった。レイモンド自身がその可能性を認識していて敢《あ》えて考えないようにしているのだと察したシュリーは、取り敢えずレイモンドの気持ちが整理できるまでは、公爵のことは最低限の処理で済ませることにした。

「その後、拒む間も考える間もなく私は国王として即位し、公爵を筆頭とした貴族派の望むままそなたとの婚姻が決まった」

シュリーは、目を閉じるレイモンドの頭を撫でながらただ黙って話を聞いた。

「父の時代には貴族派と中立派の他に国王派が存在し様々な政治的議論が交わされたが、今はもう国王派は存在しない。在るのは私という傀儡の王のみだ。貴族派に偏った派閥は議会から議論を奪った。私が声を上げようとも、全てが無意味のまま消えてしまう。父は……先代国王は、私のことを情けなく思っているに違いない」

久しぶりに父と母、兄の顔を思い出したレイモンドは、自嘲気味に笑いながら目を開けてシュリーを見た。

「そなただけは、いなくならないでくれ」

「……何を仰いますの。シャオレイが嫌がったとしても、私は貴方様のお側におりますわ」

美しく笑ったシュリーは眉間《みけん》に皺《しわ》を寄せる夫の鼻を摘《つま》んだ。途端にレイモンドが目尻を下げる。

「そうだな。そなたは、たとえ地獄に堕《お》ちようとも這い上がって来そうだな」

「あらあら。それは褒め言葉と受け取ってよろしいのかしら」

「ふっ……そう拗《す》ねるな。私はそんなそなただからこそ、安心して側に居られるのだ」

柔らかく笑う夫を見て、シュリーは改めて思った。生まれて初めて守りたいと、愛おしいと思った男。彼の為ならば、自分の身を削ることなど何てことはない。

シュリーは自分を欠けた人間だと思って生きてきた。何をやっても誰よりも完璧《かんぺき》にできてしまい、世の中の全てに張り合いがない。何よりシュリーの中には、人間ならば誰しもが持っているであろう一番大事な部分が欠けていると思えてならなかったのだ。

空洞のようなシュリーの心、その空虚な核を、レイモンドこそが確かに埋めてくれる。だからこそシュリーはレイモンドに執着してしまうのだ。そして何より、自分自身で自分をそんなふうにしか分析できないことに呆《あき》れていた。

「どうぞ陛下のしたいようになさって下さい。まだその御心が定まらないというのであれば、気が済むまでゆっくりお考え下さい。貴方様が向かう方向を見つけられたその時には、私が何もかもをお手伝い致します。心配なんてする必要がないくらいに、あらゆる要望にお応《こた》えしますわ」

シュリーが胸を張ると、レイモンドはふっと息を漏《も》らした。

「そなたは本当に、頼もしいな」

「左様でございましょう。これ程に良い女は、世界中を探し歩いても見つかりませんわ」

「ふははっ！　ああ、そうだな。これればかりは公爵に感謝しなければ」

起き上がったレイモンドは、妻を抱き締めて笑った。肌越しに伝わるその振動に頰を綻《ほころ》ばせたシュリーは、夫の腕の中から声を上げる。

「ですけれど、貴方様をこの国の真の国王にして差し上げると言った私の言葉に嘘《うそ》はございません。これればかりは譲れませんわ。貴方様が軽《かろ》んじられているのだけは、耐えられませんもの」

「そうか。……好きにしてくれ」

夫の許可を得て、シュリーはニヤリと人の悪い笑みを浮かべた。

「では手始めに、この国の社交界を掌握しに参りましょうかしら」

第七章　差異とお茶会の顛末

ガレッティ侯爵夫人のお茶会は、アストラダム王国の社交界で一目置かれている。お茶会への参加は即《すなわ》ち、身分・気品・教養等、一定の基準を満たしていることを意味する。

その為、お茶会に誰《だれ》が参加しどんなことが話題に上ったのか、という情報は注目の的となった。

このお茶会から流行が生まれることも少なくない。

マイエの新作衣装を着てお茶会の場である侯爵邸に降り立ったシュリーは、出迎えた侯爵夫人から感嘆の眼差《まなざ》しを浴びた。

「まあ！　王妃様、その素敵なドレスは如何《いかが》なさいましたの⁉　釧《セン》風でありながらレースや装飾はアストラダムのものではありませんこと？」

目利《めき》きの侯爵夫人は、早速シュリーの衣装に目を付けたのだ。

「こちらはマイエ・ペンタルの新作ですわ。私《わたくし》が監修し、アストラダムと釧の衣装を融合させましたの」

「あのマイエ・ペンタルが⁉　素晴らしいアイディアです！　新作ということは……今後売り出す予定がありまして？」

「ふふ。来月から発売を開始する予定だそうです」

「それは是非《ぜひ》予約しなくてはいけませんわね。王妃様がいらしてから釧からの輸入品がとても増えましたのよ。他にも釧製品の需要は増すばかり。このドレスもきっと、貴婦人達の新たな流行となりますわ！」

出迎えの場で盛り上がっていると、シュリーの乗ってきた王宮の馬車の後ろにもう一台馬車が止まった。

「あらあら王妃様、もうおいでになっていたのですわね」

馬車から降りて来て王妃に向かい気安く話し掛けたのは、フロランタナ公爵夫人だった。

先程まで顔を輝かせていたガレッティ侯爵夫人の顔色が変わり、厳格な侯爵の妻の顔になる。というのも、この状況はお茶会の主催者にとって、あまりいい状況ではなかった。

本来であればこういった社交の場は、身分の高い者が最後に登場するのが決まりなのだ。

しかし、招待客の中で最も高位であるセリカ王妃の後からフロランタナ公爵夫人が来てしまった。普通であれば、順序を乱した無法者にはやんわりと釘を刺してお帰り願う。遅れてしまったやむを得ない事情があった場合は、遅れた者が高位者へ謝罪をし、高位者が許すことでお茶会への参加が認められる。

しかし、今回王妃より遅れて来たのは侯爵夫人より高位の公爵夫人。事情があって遅れたどころか、明らかに決まりを知らないであろうセリカ王妃を馬鹿《ばか》にする意図がありありと見受けられた。

ここでガレッティ侯爵夫人から高位の公爵夫人へ苦言を呈するのは、立場的にも政治的にも得策ではない。一番良いのは順序を乱された当事者、セリカ王妃が公爵夫人を窘《たしな》めること。しかし、異国人のセリカ王妃がどこまでこの国の社交ルールを把握しているか定かではない。

ここは事を荒立てず公爵夫人を通すべきか、セリカ王妃にそれとなく教えるか。一瞬の間に考え込むガレッティ侯爵夫人に、セリカ王妃ことシュリーは向き直った。

「ガレッティ侯爵夫人。夜会の席でご挨拶《あいさつ》した際にも申し上げましたけれど、私はこの国について、まだ疎《うと》いことがございますの。一つだけご教示頂けませんこと？」

公爵夫人を無視して自分に向き直るセリカ王妃に内心で狼狽《うろた》えつつ、ガレッティ侯爵夫人は頭を下げた。

「は、はい。何なりと」

「では教えて欲しいのだけれど。この国では王妃よりも公爵夫人の方が高位なのかしら」

「えっ……？」

あまりにも突拍子もない問いに驚くのも束の間、セリカ王妃はとても母国語ではない言語を話しているとは思えない程の流暢《りゅうちょう》な言葉で、ペラペラと喋《しゃべ》り出した。

「あちらのフロランタナ公爵夫人ですけれど。私の後から登場しておいて、謝罪もせずあまりにも涼しいお顔をなさってるんですもの。公爵夫人ともあろうお方が、より高位の者が後から来るという社交界の決まりを知らないわけではないでしょうし。まさか、他の多くの国とは違い、公爵夫人という立場は王妃よりも高位なのかしら」

「それは……」

笑顔のセリカ王妃の声は、鈴の音のように軽《かろ》やかだがよく響いた。侯爵家の使用人や、ともすればお茶会の会場にすら聞こえているかもしれない声で、王妃は盛大な嫌味を言っているのだ。

そう確信した瞬間、ガレッティ侯爵夫人は鳥肌が立った。愛らしく何も知らないような笑顔で、何もかも分かっていて最強に屈辱的な方法で、王妃は公爵夫人を窘めている。

「私は公爵夫人に対して頭を下げるべきかしら、それとも順序を乱す者として窘めて差し上げるべきかしら。是非ご教示頂きたいわ」

順序を守るのは常識中の常識、それを知らないのはこの国の順位付けが通常とは違うからなのか、それとも余程の恥晒《さら》しなのか、とセリカ王妃は間接的に公爵夫人を問い詰めているのだ。

ガレッティ侯爵夫人が答える前に、フロランタナ公爵夫人が前に出て王妃へと頭を下げた。

「も、申し訳ございません、王妃様！　馬車に異常があり、やむを得ず遅れてしまったのですわ。王妃様より遅れてしまったこと、決して故意ではございませんの。どうぞお許し下さいませ」

頭を下げ謝罪するフロランタナ公爵夫人のその顔は、屈辱と恐怖に歪《ゆが》んでいた。

「あらまあ、公爵夫人。あまりにも遅い謝罪なものですから、私、ガレッティ侯爵夫人へとてもとても無知な質問を投げ掛けてしまいましてよ。まさか王妃よりも公爵夫人の方が高位なのかしら、だなんて。常識を知らないにも程がありましたわね。ごめんなさいね、侯爵夫人」

ガレッティ侯爵夫人に謝るフリをして、フロランタナ公爵夫人に容赦無く追い討ちをかけたセリカ王妃は、終始穏やかな笑みを浮かべていた。

その鉄壁の笑みを見て、アストラダム社交界の二大巨頭であるガレッティ侯爵夫人とフロランタナ公爵夫人は、背筋をゾッと凍らせたのだった。

◇

「王妃様のお召し物、本当に素敵ですわね！」

お茶会が始まると、真っ先にセリカ王妃に注目が集まった。特に王妃が身に付けて来た釧風のドレスは軽やかな素材に繊細なレースがあしらわれ、シルクの生地と金糸の刺繍が光を放つようで、目の肥えた貴婦人達を魅了していた。

「ありがとう。釧の衣装はドレスと違って脱ぎ着も簡単ですのよ。コルセットも不要でございますしね」

「コルセットが不要ですって⁉　では……ドレスを着る度に窒息するような思いをしなくて良いということですわね？」

「コルセットを締めていると、折角のお料理をいつも楽しめませんもの」

「で、ですが……人前でコルセットを着けないとは、少し下品じゃないかしら。それに、コルセットがないと体型が気になってしまいますわ。王妃様のように細っそりとした方であれば必要ないでしょうけれど……」

先程の失敗を活かし、失礼がない程度で何とか王妃の邪魔をしたいフロランタナ公爵夫人がそう言うと、待ってましたとばかりにシュリーは口角を上げた。

「それでしたら問題ありませんわ。このドレスは上衣と裳《スカート》が別々になっておりまして、腰部分で

裳を結ぶ型ですの。その為コルセットを締めるよりずっと楽でありながら、腰が細く見えるのですわ」

「まあ！」

セリカ王妃の説明に、貴婦人達は目を輝かせた。その反応を楽しみながら、王妃は説明を続ける。

「更に釧の衣服には、様々な型がございます。こちらは今のアストラダムの流行に合わせて選んだ型ですが、胸元《むなもと》で締める型ですと体型を隠せるのと同時に脚が長く見える効果もありましてよ。他にも領巾《ひれ》を纏《まと》ったり、外掛を羽織れば美しく優雅さを出しつつ体型を隠すことができますわ」

「ほ、本当ですの？　では本当にコルセットが必要なくなるのかしら」

もはや誰もが期待と羨望《せんぼう》の眼差《まなざ》しでセリカ王妃を見る中、セリカ王妃ことシュリーは優雅な仕草で頷《うなず》き、折角だからと敵に目を向けた。

「左様ですわ。それに、これからはこのドレスの材料となるシルクがより身近になります。そうですわよね？　フロランタナ公爵夫人」

「は、はい……？」

急に話を振られて狼狽えたフロランタナ公爵夫人へと、セリカ王妃は優しく微笑《ほほえ》む。

「フロランタナ公爵のお陰で私がこの国に嫁ぎましたもの。釧との交易がより拡大するはずですわ。シルク製品もより身近なものとなりましょうね。釧の衣服が取引される日も遠くはなくてよ。勿論《もちろん》公爵家もそれをお望みですわよね？」

フロランタナ公爵夫人は、扇子《せんす》で口元を隠しながら必死に頭を巡らせた。王妃の言う通り、夫である公爵が釧との交易を推し進めているのは事実。下手《へた》に否定して夫の政治に支障があってはいけない。この件で王妃の邪魔をするのは得策ではないかもしれない。

「え、ええ。王妃様の仰《おっしゃ》る通りですわ」

公爵夫人が頷いたのを見て、セリカ王妃の着ている新しいドレスを見る貴婦人達の目が、より貪欲なものになる。

「という事です。これからは釧風の商品がより流行するでしょうね」

軽やかに袖《そで》を翻《ひるがえ》してお茶を飲む王妃の言葉に、ガレッティ侯爵夫人が同調した。

「左様ですわ！　お隣の王国では、将軍が釧の白磁の皿一枚と精鋭部隊一つを交換したと聞きます。それ程までに釧の製品は西洋諸国で珍重されておりますもの。釧の皇女であらせられる王妃様には、もっと釧の品についてお聞かせ頂きたいものです」

「他でもない侯爵夫人の為でしたら、何なりとお答えしましてよ。ああ、そうそう。先程見せて頂いた侯爵邸にある絵付け皿、あれはとても良い品でしたわ。釧でも指折りの名匠の作でしてよ。流石《さすが》、ガレッティ侯爵夫人は見る目がございますのね」

陶磁器の最先端である釧の皇女、セリカ王妃に褒められたガレッティ侯爵夫人は、目に見えてご機嫌になった。

「あれは一目見て気に入ったのです！　王妃様のお墨付きを得られて本当に嬉《うれ》しいですわ！」

その後の話題も殆《ほとん》どが釧やセリカ王妃に関《かか》わる話題となり、今回のお茶会の中心は、間違いなくセリカ王妃だった。

何を聞かれても動じることなく返すセリカ王妃は、お茶会のマナーも完璧《かんぺき》だった。非の打ち所がない王妃に、夫から王妃を邪魔するよう言われていたフロランタナ公爵夫人は焦《あせ》りを見せていく。

そうしてお茶会がとても盛り上がったところで、漸《ようや》くフロランタナ公爵夫人は王妃への反撃の機会を得た。


「これは何ですの……？」

参加者が持ち寄った土産を披露する中、セリカ王妃が出したのは、干からびた草を丸めた塊だったのだ。

ここぞとばかりにフロランタナ公爵夫人は声を荒らげた。

「貴婦人達が集まるガレッティ侯爵夫人の高貴なお茶会で、このようなものを出すなんて。王妃様はいったい何をお考えなの？」

やられっぱなしでこの好機を逃すものかと息巻く公爵夫人。鼻で笑いそうになるのを必死に堪《こた》えたシュリーは、訝《いぶか》しむ貴婦人達へ向けて美しく微笑みながら説明した。

「こちらは花茶の一種、工芸茶というお茶ですわ」

「この草の塊がお茶ですって？　ですけれど……そのように得体の知れないものを口に入れる気にはなりませんわっ」

ここぞとばかりに噛《か》み付《つ》いてくるフロランタナ公爵夫人を内心で笑いながら、シュリーは丸まった工芸茶を一つ手に取った。

「このお茶は、見た目が異質ですわよね。けれど、それに惑わされてその中身の華やかさを知らずにいるのはとても愚かだわ」

ガラスのポットに少しのお湯と工芸茶を入れて、その上から更にそっとお湯を注《そそ》ぎながら、セリカ王妃ことシュリーは不思議そうに見つめる貴婦人達へ微笑んだ。

「干からびて不恰好《ぶかっこう》な、取るに足らぬものと馬鹿にしていると、思いも掛けない中身が飛び出して来ますのよ」

セリカ王妃の言葉を合図にするかのように、丸まっていた茶葉は湯の中で解け、文字通り花開き出した。そして蕾《つぼみ》から花が咲くかのように、茶葉の中に隠れていた花々が現れて花弁を広げていく。

「まあ……！　お茶の中に、花束《はなたば》が現れましたわ！」

「素敵！　まさか茶葉が花開くだなんて、想像もできませんでした」

感嘆の声を上げる貴婦人達へと、セリカ王妃は優雅な仕草でその茶を注いだ。

「どうぞ召し上がって下さい。お味もなかなかのものでしてよ」

王妃に促されて恐る恐るカップに口を付けた貴婦人達は、驚きに目を見開く。

「すっきりとしていて、甘さもあるわ。何より、華やかなお花の香りが口いっぱいに広がって……こんなに素敵な飲み物を頂いたのは初めてですわ！」

「このお茶にはジャスミンが使われておりますの。ジャスミンには美容効果もありますのよ」

「見て華やか、味わって良し、更には美容まで……このような素晴らしいお茶があること、全く知りませんでしたわ！」

うっとりとお茶を見つめるガレッティ侯爵夫人が溜《た》め息《いき》を漏《も》らすと、他の貴婦人達も一様にセリカ王妃の持ってきた茶を絶賛した。

「公爵夫人のように、上辺だけを見てすぐに判断するのは少し浅慮《せんりょ》ですわね。その中にはどんなに美しく、美味で有用なるものが隠されているのか。きちんと見極めなければ、損をすることになりますわ」

暗にシュリーは、異邦人の王妃、野蛮人の姫、と偏見だけで自分を軽視することに対し、遠回しに釘を刺しているのだ。チクリと言われたフロランタナ公爵夫人は、サッと頬を赤らめて慌てて扇子で隠した。

「今回のお茶会は、間違いなく王妃様が主役ですわ。このお茶が一番のお土産ですもの」

ガレッティ侯爵夫人の言葉に、貴婦人達は次から次へと頷いた。そんな様子を眺めて微笑んだシュリー。しかし、これで終わりではないのが、セリカ王妃である。

「それは有難《ありがた》いわ。ですが、このお茶だけでは心許《こころもと》なかったものですから。皆さんに工芸茶とは別に刺繍のハンカチを用意致しましたの」

セリカ王妃が直々に刺したという刺繍を受け取って、貴婦人達は今日何度目かの驚きに目を見開いた。

「これは……白地に白い糸で刺繍を、それもハンカチ全面に……」

「こんな技法は初めて拝見しました。緻密《ちみつ》で精巧な模様がなんて美しいんでしょう……！」

「王妃様、こちらは布地も糸も全《すべ》てシルクではありませんこと？」

「ええ。皆さんに差し上げるものですもの。勿論、釧の最上級のシルクで作りましてよ」

王妃の言葉を聞いて、あちこちから感嘆の声が上がる。フロランタナ公爵夫人でさえ、その見事な出来に魅入っていた。

「あ、あの……王妃様、もし失礼でなければ……この刺繍を教えて頂けませんこと？」

無礼を承知で恐る恐る手を上げた貴婦人の一人に向けて、シュリーは優しく微笑んだ。

「あらあら。そんなに気に入って頂けて嬉しいわ。勿論ですわ、と言いたいところなのですけれど。一度陛下に確認してもよろしいかしら？　私の優先順位は陛下の妻であること。陛下に黙って勝手なことはできませんからね」

シュリーの言葉はどうやら、好奇心旺盛で噂《うわさ》好きな貴婦人達に火をつけたようで、途端に貴婦人達の目が輝く。

「宴《うたげ》でのご様子を拝見した時も思いましたけれど、王妃様と国王陛下は本当に仲がよろしゅうございますのね！」

「お恥ずかしい話なのですけれど、私はこの国に嫁いでくるまで、殿方に興味を持ったことがございませんでしたの。それが……陛下に初めてお会いした時、一目で心を奪われてしまったのですわ」

「まあ……！　それでは、お二人がとても仲睦《なかむつ》まじいというのは」

「勿論、事実でしてよ。陛下も私のことをとても大切になさって下さいますわ」

セリカ王妃の答えに、貴婦人達は興味津々といったふうに顔を見合わせた。

「やはり、そうなのですわね！　王剣の儀で陛下の代わりに王妃様が剣を持たれた時、レイモンド一世とメリヤ王妃の逸話《いつわ》を思い出して私とてもときめいてしまいましたの！」

「そうそう。あの時の信頼し合うお二人には感動しました！」

「国王陛下は何と言いますか……第二王子殿下であらせられた時までは控えめでお優しい方、という印象でしたけれど。セリカ王妃様を迎えられてからは、とても頼もしく勇ましい印象になりましたわね」

「特に宴でのダンスは本当に素敵でしたわ！」

「確かに以前まで陛下はあまり目立たないお方でしたわね。あ、でも……王子殿下時代の陛下に想《おも》いを寄せていたご令嬢がいましたわ」

「私も覚えております。確か、婚約の話も出ていたのではなくて？」

「アカデミー時代に親交を深められたと伺《うかが》ったことがございますわ」


「……………何ですって？」

と、そこで。和やかだった空気が、セリカ王妃の低く冷たい声で凍り付く。普段は軽やかに鈴の音のような声を響かせる王妃から、まさかそんな声が出ようとは。気のせいだろうか。貴婦人達の目がセリカ王妃に向けられる。そこには変わらず美しく微笑する王妃。きっと気のせいね、と誰もが思った瞬間。

「その雌豚……そのご令嬢とは、どちらのご令嬢かしら」

とてもにこやかに。いい笑顔で。微笑むセリカ王妃に、貴婦人達は背筋を凍らせた。雌豚と聞こえたのはどう考えても聞き間違いではない。

「え、えーっと……あら？　誰だったかしら、ど忘れしてしまいましたわ」

「わ、私も……思い出せませんわ」

答えれば確実に死人が出る。そんな気がしてならない貴婦人達は、冷や汗を流しながら揃《そろ》いも揃って知らぬ存ぜぬを通した。

セリカ王妃の目が、スッと細まる。その時だった。

「あ、主人が帰宅したようですわ！　あら？　あれは……まあ！　陛下ですわ！」

馬車の音を聞いたガレッティ侯爵夫人が空気を変えるために声を上げると、その視線の先にはガレッティ侯爵と共に来たのか、国王レイモンドの姿があった。

貴婦人達は助かったと安堵《あんど》の息を吐く。と同時に、国王レイモンドに憐《あわ》れみの視線が向けられる。

「陛下！　迎えに来て下さいましたの？　ちょうど陛下とゆっくりお話ししたいことがございましたの」

貴婦人達がレイモンドに頭を下げる中、立ち上がった王妃が鉄壁の笑顔で夫を見た。

「シュ、シュリー。そなたが心配で迎えに来たのだが……な、何をそんなに怒り狂っているのだ？」

妻は迎えに来たことを喜んでくれるだろうと思っていたレイモンドは、シュリーの予想外の怒りに身を震わせた。

「あら。陛下には、私が怒り狂っているように見えまして？」

にっこりと微笑む妻に引っ張られ、国王レイモンドは蜻蛉《とんぼ》返りの如《ごと》く帰りの馬車に押し込められた。

「皆さん、今日はとても有意義な時間を過ごすことができましたわ。私は少し陛下とお話があるので、お先に失礼させて頂きますわね。ガレッティ侯爵、ご挨拶もできず申し訳ないわ。侯爵夫人、今度は私のお茶会に招待させて頂戴《ちょうだい》。それでは皆さん、ご機嫌よう」

嵐《あらし》のように帰って行った国王夫妻を見送りながら、アストラダム社交界の中でも指折りの貴婦人達は、セリカ王妃という新星にすっかり魅了され、そして恐怖していた。あれは只者《ただもの》ではない。逆らおうものなら手酷《てひど》く返り討ちに遭うだろう。経験豊富で鋭い貴婦人達が揃いも揃ってそう思う程に、セリカ王妃は強烈だった。

それは、王妃を邪魔しようとしていたフロランタナ公爵夫人も例外ではなかった。公爵夫人は帰ったら夫に忠告しようと決意する。『たとえどんなに邪魔であっても、セリカ王妃にだけは手を出してはいけません。火傷《やけど》では済みませんわよ』……と。

◇

「いや、全く心当たりがないのだが……」

馬車の中で妻から問い詰められたレイモンドは、本当にわけが分からないという顔で額を押さえた。

「婚約の話まで出ていて、心当たりがないと仰るのですわね？　そんな見え透いた嘘《うそ》を吐いてまで、私に隠したい過去がおありなのかしら。いい加減に白状なさったら？　何処《どこ》の何奴《なにやつ》ですの、その女は」

「いやいや、本当に嘘ではない。婚約？　アカデミーで親交？　全く身に覚えがない。そのような令嬢はいなかった。どうか信じてくれ」

シュリーの圧に冷や汗を掻《か》きながらも、レイモンドの目には隠し事をしているような気配が皆無だった。

「……………本当に？」

急に不安げな顔をした妻に、レイモンドはドキッとした。何だこの可愛《かわい》い生き物は。他人よりもほんの少しばかり苛烈《かれつ》で嫉妬《しっと》深過ぎる気がしないでもないが、ヤチモチ妬《や》きでちょっと噂を聞いた程度でぷりぷり怒る妻が可愛くて可愛くて仕方ない。

「神に誓って本当だ」

言い切ったレイモンドは、ぽんぽんと自分の膝《ひざ》を叩《たた》いた。これが他の男であれば、そんな言葉を信じる気にはならないが、相手はレイモンド。とてもシュリーに対して隠し事ができるような男ではない。怒り狂っていたはずのシュリーは態度を和らげて、向かい合って座っていた席から立ち上がり夫の膝に座った。

「シャオレイがそこまで仰るのでしたら、特別に今回は信じて差し上げますわ。ですけれど、今後その雌豚……ご令嬢が私の目の前に現れたら、そのご令嬢はどうなるかお分かりですわよね？」

大人しくレイモンドの腕に収まりながらも、シュリーは再び不穏な空気を発していく。

「どうなるのだ？」

先程の貴婦人達が見れば確実に悲鳴を上げるくらいにシュリーが発するオーラはドス黒かったが、レイモンドの目にはぷりぷり拗《す》ねていて可愛いなぁ程度にしか映っていなかった。寧《むし》ろそんな妻の様子を眺めて楽しみ出したレイモンドが問い掛けると、シュリーは夫の体に身を寄せながらスラスラと答えた。

「取《と》り敢《あ》えず生まれて来たことを後悔させて差し上げますわ。この世のありとあらゆる拷問《ごうもん》を試してみるのも良いかもしれませんわね。精神的にも肉体的にもとことん追い詰め、豚は豚らしく好きなだけ地面を舐《な》めさせて差し上げましてよ」

「そなたは、なかなか過激だな」

レイモンドがシュリーの頭を撫でてやると、シュリーはぷぅっと頬を膨らませた。

「駄目ですの？」

「いや、可愛いと思う」

「かっ……!?」

まさかそう来ると思っていなかったシュリーは、あまりの不意打ちに思わず赤面する。

「わ、私を可愛いと言うのは陛下くらいですわっ」

「そうなのか？　こんなに可愛いのに？」

「っ……！」

赤くなった耳に優しくキスをされて、シュリーは完全に撃沈した。これだからこの男には敵《かな》う気がしないのだ。両手で顔を覆《おお》い夫の膝の上で恥じらうシュリーの姿は、普通の愛らしい少女にしか見えなかった。

不覚にも熱くなった顔を必死で扇《あお》ぎながら、シュリーは心の中で唸《うな》った。祖国で千年に一人の逸材、女神・嫦娲《じょうか》の生まれ変わりと謳《うた》われ、父である皇帝ですら跪《ひざまず》かせた不世出の才媛。成し遂げた偉業の数々により数多の民から崇《あが》められ、本来は皇帝のみが所持を許される国宝・金玉四獣釧《きんぎょくしじゅうせん》をその細腕に授《さず》かる朝陽公主《ちょうようこうしゅ》・雪紫蘭《シュエ・ズーラン》。

そんなシュリーを普通の少女のようにしてしまうレイモンドこそ、只者ではないのだ。

シュリーは、異端であるはずの自分を溺愛《できあい》する夫に身悶《みもだ》えながら、改めて自分の決断を自画自賛した。

本来、アストラダム王国の国王に嫁ぐ予定だったのは、シュリーではなかった。異国行きを強要されていた腹違いの妹には、既に想いを通わせ合う男がいた。泣き暮れる妹を不憫《ふびん》に思ったシュリーは、妹を逃してやることにしたのだ。

いくらでも手はあった。わざわざ国の秘宝とまで謳われるシュリーが入れ替わる必要はなかった。シュリーにとって、妹一人を逃してやることは、大した手間でもなかったのだから。

しかし、シュリーはその時、ふと思ったのだ。

この機会を利用すれば、つまらない祖国から抜け出せるのではないか、と。父や兄の柵《しがらみ》から逃れ、自由を手にできるのではないか、と。そして妹の代わりに婚姻の仕来たり通り顔を隠し、使節団と共に国を出た。勿論、すぐにバレないよう様々な手筈《てはず》を整え、異国に渡った際の準備も抜かりなく済ませて。

シュリーのお披露目があった、婚姻初夜の翌日のあの宴。花嫁が被る赤い布、紅蓋頭《こうがいとう》で顔を隠していたのが本来嫁ぐ予定だった姫ではなく、シュリーだったと知った時の、釧の使節団の泣き顔。釧を出た時からずっと顔を隠し続けていたシュリーの正体に気付かなかった彼等は、『何故《なぜ》貴女様がここに、今すぐ我等と釧にお帰り下さい！』と泣き付いた。そんな彼等に向けて、入れ替わりを仕掛けた張本人であるシュリーは高らかに宣言した。

『妾《わらわ》の純潔は既にこの国の王に捧《ささ》げた。二度と釧に戻るつもりはない。其方等《そのほうら》は釧に戻り皇帝陛下にその旨を告げよ』

使節団慟哭《どうこく》の真相である。

女神が去ってしまう、陛下に処刑される、宝玉を失った釧は終わりだ、と泣き叫ぶ彼等に笑顔で別れを告げたシュリーは、夫となったレイモンドをとても気に入っていた。

婚姻式で手の甲に触れた、優しい唇。他のアストラダムの者達とは違い、異邦人であるシュリーを労《いたわ》るようなその仕草に興味を惹《ひ》かれた。初めて顔を見た時の、目の冴《さ》えるような黄金の髪と真《ま》っ直《す》ぐな瞳《ひとみ》、その整った顔立ち。

相手が気に入らなければ首を落としてその日のうちに玉座を奪おうと思っていたシュリーは、大人しく抱かれてみるのも一興かとその男に身を委《ゆだ》ねたのだった。

言葉が分からぬふりをして男の本性を探ろうと思っていたシュリーは、どこまでも優しい男に戸惑い、次第に荒々しさを見せる姿が愛おしいとすら思った。

結局一晩経《た》っても、男はシュリーを傷付けはしなかった。純潔を奪われ多少激しかったものの、シュリーを抱く男の言葉からも、態度からも、体からも、悪意は一つも感じ取れなかった。

目を覚ました男と言葉を交わし、更に感じたのは男の実直で素直な誠実さと抱えた闇《やみ》。

その闇を晴らし、この国を手に入れる。それは全てを手に入れ成し遂げたシュリーにとって、退屈を紛らわす新たな娯楽の一つに過ぎぬはずだった。

なのに。いつからこんなに、嵌《はま》ってしまったのか。

シュリーにとってレイモンドという男は、抜け出せない底なし沼だった。進めば進む程に、深く深く沈んでしまう。

足掻《あが》いても止まっても、変わらずに沈むその沼の中に、とうとうすっぽりと収まってしまったのだと、喰《く》われてしまったのだと自覚したシュリーは、その心地好さに息を吐いた。

「私のシャオレイは、罪な男ですわね」

男を毛嫌いし遠ざけてきた朝陽公主・雪紫蘭を、誰の手にも落ちない高嶺《たかね》の花を、こんなに骨抜きにしたのだから。

シュリーの独《ひと》り言《ごと》を聞いたレイモンドは、妻を抱く腕に力を込めた。

「何を言うのだシュリー、私にはそなただけだと言っているではないか」

また一つ、沼に引き摺《ず》り込まれた気がしたシュリーは、夫の腕の中でそっと呟《つぶや》いた。

「私達は比翼連理、異類無礙《むげ》。たとえ邪魔する者がいようとも、私のこの手で徹底的に排除してみせますわ」

第八章　異路同帰

「私はセリカ王妃に関する悪い噂《うわさ》を流すよう言ったはずだ。それが何故《なぜ》、王妃の評判が上がっているのだ⁉」

ドンッとテーブルを叩《たた》いたフロランタナ公爵に対し、取り巻きの貴族達は顔を青くしながら沈黙した。

というのも、貴族派の貴族達は公爵の言う通り、セリカ王妃に関して野蛮で無知、恥知らずな異邦人と言う噂を広めようと努力したのだ。

しかし、噂と言うのは男の口からよりも、女の口から広がる速度の方が格段に速い。ガレッティ侯爵夫人のお茶会で見せたセリカ王妃の素晴らしさはあっという間に社交界の貴婦人達の間で広まり、王妃の名を冠したマイエの新作、釧《セン》風のドレスには予約が殺到していた。

更には王妃の気品や優雅さ、聡明《そうめい》さ、思慮深さに対する称賛の声も後を絶たず、取ってつけたような男共の揶揄《やゆ》や罵倒は寧《むし》ろ、セリカ王妃が逆境を撥ね除け、異邦人であることの偏見や悪評判すら蹴《け》散らして自らの高貴さを証明したという、その活躍ぶりを強調する材料の一つにしかならなかった。

男達の政治の場と、女達の社交界。どちらも切り離すことのできないものであるが、男が女を支配しているという馬鹿《ばか》げた思い込みがこの作戦の失敗要因であったことを、この場にいる誰《だれ》一人として気付いてはいなかった。

「で、ですが閣下。王妃の評判が良いのは、我々にとって必ずしも不利なことばかりではありません。王妃、即《すなわ》ち釧の評判が上がれば、より一層、釧の商品に対する需要は増すはず。釧からの輸入量が増えれば、得をするのは我々です」

国王と釧の姫君との婚姻を推し進めた公爵を筆頭とする貴族派の貴族達は、釧との密約で釧からの輸入品に不当な手数料を上乗せし国内に流通させていた。つまり、釧からの輸入品が増えればここにいる一部の貴族達だけが儲《もう》かる仕組みなのだ。

「ふむ。それは確かに一理ある。……口惜しいが、王妃の評判を落とすのは後回しにしよう。なに、異邦人の小娘一人、いつでも蹴落とせよう。それよりもレイモンドだ。近頃叔父である私に対して反抗的な態度を見せるようになった。一度己《おのれ》の立場を分からせる必要があるようだ」

公爵の言葉に、失敗続きの取り巻き達は気を引き締めたのだった。

◇

「王妃さま、虫さんが変な動きをしてるよ！」

呼ばれたシュリーは、優雅な袖《そで》と裾《すそ》を揺らしながら子供達の方に向かった。

「そろそろ営繭《えいけん》するでしょうから、皆で作った蔟《まぶし》に移してあげましょう」

孤児院で初めて孵《かえ》った蚕《かいこ》は立派に成長し、いよいよ繭《まゆ》を作り出す段階まで来ていた。シュリーが振り向くと、既に準備を整えたランシンが他の子供達を連れて来ている。子供達はランシンの言うことをよく聞いてテキパキと動いた。

王宮に住むシュリーの代わりに、ランシンは孤児院に泊まり込んで、子供達に付きっきりで養蚕《ようさん》の技術を教えていた。そのため寡黙《かもく》で面倒見の良いランシンはいつの間にか子供達から懐《なつ》かれていたのだ。今も背中に乳児をおんぶ紐《ひも》で括《くく》りながら作業するランシンは、すっかり孤児院に馴染《なじ》んでいた。

あーだこーだと騒ぎながらも蚕を営繭用の蔟に移していく子供達。それを見遣りながらシュリーは、隅でちょこんと座る夫に声を掛ける。

「陛下、またそんなところで……」

「分かっている。私も手伝いに来たのだ。しかし……どうにもアレを見ると鳥肌が……」

「何がそんなに怖いのです、こんなに愛らしいではありませんか」

一頭だけ捕まえた蚕を手のひらに乗せて差し出す妻に、レイモンドはヒッと後退《あとずさ》った。

「卵から孵った時は黒くて小さかったではないか！　それがどうして白く、そんなに大きくなるのだ？　それにブヨブヨウネウネしていて……うっ」

「はあ……。シャオレイ。蚕は、人の手で育てなければ餌も摂《と》れぬ憐《あわ》れな虫なのですわ。繭の中で蛹《さなぎ》になれば、生糸を得るために煮て殺さなければなりません。繁殖用に成虫となった個体も、翅《はね》があっても飛ぶことはできず、餌も食べず、卵を産んで死にますのよ。全《すべ》ては人がシルクを得る為に飼い慣らし、搾取《さくしゅ》される為に生きる虫ですわ。そう思えば、少しは憐みが湧《わ》きますでしょう？」

妻にそう言われて、レイモンドは改めて蚕を見た。ウネウネと相変わらず気持ち悪いが、自分では何もできず与えられた餌のみを食べて人間の為に死んでいくその虫に、レイモンドは言いようのない憐憫《れんもん》を感じた。

それはまるで、シュリーを得る前の自分自身を見ているかのようだった。

「そうか。彼等は……憐れで奇妙で、とても親しみ深い者達なのだな」

しかし、それとこれとは別である。蚕に手を伸ばしかけたレイモンドは、妻の手の中でウネウネと動き、無数の足をバタつかせる蚕を見て手を引っ込めた。

「………」

少しだけ気まずい沈黙が夫婦の間に落ちる。

「そ、その……。すまない」

申し訳なさそうな夫を見て、シュリーは細く白い指先で蚕を撫《な》でると、静かに口を開いた。

「……数年前のことです。釧で蚕の流行病が蔓延《まんえん》し、多くの蚕が死んで養蚕農家が大打撃を受けましたわ。その時に私《わたくし》が交配させて改良し、生み出したのがこの蚕達なのです。病気に強く、丈夫で美しい糸を出す蚕種ですのよ。この子達のお陰で釧の養蚕は途絶えずに済んだのです。私は自分が生み出したこの子達に愛着がありますの。ですからシャオレイにも、この子達を可愛《かわい》がって頂きたいのですわ」

虫を手に乗せ美しく微笑《ほほえ》む妻を見て、レイモンドは意を決した。

「そなたの生み出した者達であると言うのなら、そなたの夫である私の子であるようなものではないか。よし……乗せてくれ」

差し出されたレイモンドの手にシュリーが蚕を乗せてやると、その何とも言えない感触にレイモンドは鳥肌を立てつつも我慢した。

「どうです？　愛らしいでしょう？」

「う、うむ……なかなか可愛げがあるな」

そう言って頷《うなず》いたレイモンドは涙目だった。

蚕一頭に悪戦苦闘する夫の姿が可笑《おか》しくて、シュリーは賑《にぎ》やかな子供達の声に紛れ、袖口《そでぐち》で隠した唇の間から堪《こら》え切れず笑い声を漏《も》らしたのだった。

◇

その日レイモンドは、公務の合間を縫ってシュリーの元を訪れると、いつも通り周囲が呆《あき》れる程度に妻とのイチャつきを披露したあと、思い出したように口を開いた。

「シュリー、明日の午後は空いているか？」

レイモンドからの問いにシュリーは一瞬だけ目を瞬かせ、すぐに頷《うなず》く。

「陛下の為でしたら、いつでも空いておりますわ」

にこやかな妻の笑顔を見て、レイモンドはその手を取った。

「ならば……一緒に行って欲しいところがあるのだが、そなたの時間をくれないか？」

「勿論《もちろん》ですわ。私の時間は全て陛下のものですもの」

夫からのお誘いに気を良くしたシュリーは、張り切って準備をしようとレイモンドの手を握りながら身を寄せる。

「それで、何処《どこ》へ行くのです？」

キラキラとした妻の期待に満ちた瞳《ひとみ》を見ながら、レイモンドは頬《ほお》を掻《か》いた。

「少し王都を散策してから案内したい場所がある。目立たぬようこっそりと行くつもりだ」

行き先を濁すレイモンドに、シュリーは興味深そうな目を向けながらも流されてあげることにした。

「左様でございますか。それはそれは、楽しみにしておりますわ」

◇

翌日、最小限の護衛と共に目立たぬ馬車に乗り込んだレイモンドとシュリーは、魔塔の魔法使いに簡単な変装の術を掛けてもらっていた。

レイモンドは以前と同様に茶髪に、シュリーはよく目立つ黒髪を赤毛に変えてもらう。

「珍しく魔塔主様が自らいらっしゃるおつもりだったのですが、急な予定が入ってしまったようで、私が代わりに参りました、王妃様」

それなりの腕前を持つという魔法使いは、国王であるレイモンドではなく、王妃であるシュリーに対して恐縮しきりだった。

「そうか。ご苦労だったな」

素知らぬ顔をするシュリーをチラチラと見つめる魔法使いはレイモンドの声に我に返ったのか、そのまま頭を下げてそそくさと帰っていった。

「シュリー、早く行こう。この魔法は数時間しか保たないので、目的の場所に着く頃には消えてしまうだろう」

「あら、そうですの。……随分とお粗末な術ですこと」

ブツブツと呟《つぶや》いたシュリーの声は、レイモンドに届かなかった。

「まずは王都を見学しよう」

馬車から降りたレイモンドは、妻をエスコートするために自然な動作で手を差し出した。

「どこの国も首都は賑わっておりますわね」

人々が行き交い路面店が並び、さまざまな食べ物の匂《にお》いが立ち込める場所に降り立ったシュリーは、物珍しそうに顔を上げる。

「この辺りは平民向けの商品が多い場所だ」

「ですけれど、あちこちに釧の絹や陶磁器がございますわね」

「高価なものは貴族達の間で取引されてきたが、近頃は平民の間でも釧の商品が流通するようになってきた。……もう少し王宮に近い方に行けばマイエの店がある。行ってみるか？」

レイモンドが指し示した方に目を向ければ、貴族御用達の高級品を取り扱う商店街が見えた。人がごった返す周囲を見たレイモンドは、シュリーを気遣いそう提案した。

「いいえ、こちら側をもう少し見ていたいですわ」

しかし、高級品は見慣れているシュリーにとっては、小綺麗《こぎれい》な店よりも雑多な商品が陳列される店の方に興味が湧《わ》いた。

何よりもキョロキョロと視線を動かすレイモンドがこの辺りの平民達の暮らしぶりに関心があるようだと察知して、シュリーは夫の手を引き、より人が賑わう方へと誘導する。

「シャオレイ、あちらにも面白《おもしろ》そうな出店がございますわよ」

街中で『陛下』と呼び掛けるわけにもいかず、愛称で夫を呼ぶシュリー。

お忍びで王都の街に降り立った国王夫妻は、そうして暫《しば》しのデートを楽しんだ。

手を繋《つな》ぎ、町人の格好と普段とは違う髪色で、店先を覗《のぞ》いてはアレコレと笑い合う。

レイモンドにとってもシュリーにとっても、誰かと並び立って気安く出歩くのは初めての経験だった。

互いに浮かれている自覚はあるものの、常日頃から互いを甘やかし合っている二人はついつい相手を楽しませることばかり考えてしまう。

レイモンドが好きそうなものを見ればシュリーが手を引き、シュリーが目を留めたものがあればレイモンドが足を止める。そして目が合うと、どちらからともなく笑ってしまうのだ。

「花を贈られたことはあるか？」

一頻《ひとしき》り満喫し、路面の花屋を眺めていたレイモンドは、隣に立つシュリーに問い掛けた。

「数え切れないほどございますけれど、男からそれを受け取ったことは一度たりともございませんことよ。全て突き返して蹴散らしてやりましたわ」

鼻を鳴らすシュリーの傲慢《ごうまん》な答えに、満足げに微笑むレイモンド。

「それならば私が、そなたに花を受け取ってもらう初めての男なのだな」

その瞬間。シュリーの前に、真っ赤《まか》な薔薇《ばら》が差し出される。

虚《きょ》を突かれたように五秒ほど固まったシュリーが、細く白い指先で丁寧にレイモンドから差し出された薔薇を受け取った。

「まったく、私のシャオレイは。誰に似てそんなに傲慢になったのかしら」

大切そうに薔薇の花弁に指を這《は》わせながら、シュリーは目を細めて夫を見上げる。

「私を傲慢にした者がいるとするならば、シュリー。そなた以外にはあり得ないだろう」

レイモンドの指先がシュリーの頬を掠《かす》め、今は赤毛になっている髪を優しく耳に掛けた。

赤毛と薔薇と同じくらい赤くなった耳先を悟られたくなくて、居《い》た堪《たま》れなくなったシュリーは目線を手元の薔薇に移す。

そして深く息を吐いた。

「永遠に保存しておきたいくらい、とても綺麗《きれい》な花ですわね」

妻の淑《しと》やかな呟きを耳にした国王レイモンドは、パッと身を翻《ひるがえ》すと花屋の店主に何かを渡した。

「この店の花を全部もらおう」

金貨がパンパンに詰められた袋を渡された店主は、引き付けを起こしたかのように短い悲鳴を上げてピシリと固まる。

「あらまあ。それでは私達の寝室が花だらけになってしまいますわ」

買い占められた花が全て自分用であると信じて疑わないシュリー。

「それなら城中に花を飾ればいい」

そして当然のようにそう答えるレイモンド。

一歩も引く気がない夫が可笑しくて、シュリーはクスクスと笑ってしまった。

「ここにある花を全て合わせたとしても、そなたの美しさには敵《かな》わないな」

花が咲くよりもずっと美しい妻の笑顔に見惚《みほ》れたレイモンドが真面目《まじめ》にそう呟けば、流石《さすが》のシュリーも笑みを引っ込めて首まで赤くなる。

「……～～っ！」

愛する夫の殺し文句に身悶《みもだ》える主人を他所《よそ》に、どこからともなく現れたランシンとリンリンが店中の花を運び出していく。

「私のシャオレイは。そうやって私を翻弄《ほんろう》してばかりいて楽しいのかしら」

やっとのことでひねり出したシュリーの恨めしげな小言に対し、レイモンドはどこまでも真面目《まじめ》な顔でさらりと答える。

「なにを言う。私は事実を言ったまでだ。ランシン、ここの花も忘れないでくれ」

シュリーの忠実な従者に指示を出し誘導するレイモンドは、忙《せわ》しなく動く店主へ向けてふと声を掛けた。

「そうだ。店主、すまないが、そこの白百合だけは別に包んでくれ」

なんだかんだ言ってもご機嫌だったシュリーは、聞こえてきた夫のその言葉にピシリと固まった。

「シャオレイ」

途端にシュリーの美しい顔に、いつもの鋭い微笑が張り付く。

「その花を、どうするおつもりです？　まさか、私以外に花を贈る女がいるわけではございませんわよね？」

夫人のただならぬ圧を感じて冷や汗を垂らした花屋の店主は、何百本もある花の中からたった三本くらいでここまで怒るとは、なんと嫉妬《しっと》深いのかと怯《おび》えあがる。

対するレイモンドは、シュリーの反応を見て可愛らしいとしか思えず、緩んでしまう口許《くちもと》をなんとか引き締めた。

「そなたが気にするような相手ではないのだが、気になるのならば、これから一緒にその花を届けてくれないか」

まさか本当に、自分以外に花を贈る相手がいるとは、と目を眇《すが》めたシュリーだったが、レイモンドがそう言うのであればと殺気を引っ込める。

「分かりました。どんな女が出てきても受けて立ちますわ」

それでも面白くなさそうなシュリーの手を引いて、レイモンドは花いっぱいの馬車へと妻をエスコートした。

◇

「ここは？」

いつも行く孤児院の更に奥、郊外の殺風景な林の中を進むと、捨て去られたかのような侘《わび》しい場所に、三つの墓石が佇《たたず》んでいた。

ここに来るまでに随分と時間が掛かったため、レイモンドの髪もシュリーの髪も元の髪色に戻ってしまっている。

馬車では到底入れぬ程の獣道《けものみち》を夫についてやって来たシュリーが問うと、レイモンドは懐かしむような眼差《まなざ》しを墓石に向けた。

「……私の両親と兄が眠る場所だ」

一瞬だけ驚いたシュリーは、改めて周囲を見渡した。少し離れたところに寺院はあるものの、わざわざここまで来る者はいないだろうという程、その場所は密《ひそ》やかで何もない。

「何故、このような場所に？」

夫の腕に巻き付けていた手を下げて、レイモンドの手に指を絡《から》めるシュリー。途端に繋いだレイモンドの手に力が入る。

「フロランタナ公爵が、生前忙しく働いた彼等には静かな場所が良いだろうとここを選んだ」

「……」

いくらなんでも、こんなところを王族の墓にするとは。

レイモンドの横顔を見たシュリーは黙っていたが、郊外の侘しい場所にわざわざ先の国王と王妃、王太子を葬るのは、公爵の嫌がらせに他ならないことは明白だった。

「ずっとここに来たかったが、情けない姿で両親と兄に会う決心がつかず、先送りにしてしまっていた。しかし、今の私にはそなたがいる。素晴らしい妻を得たことを、家族に報告したかったのだ」

「陛下……」

「そなたのお陰でここに来ることができた」

ふ、と微笑んだレイモンドは、長い金色の髪を風に靡《なび》かせて墓石の前に跪《ひざまず》いた。

「父上、母上、兄上。遅くなりましたが、私の妻を連れて参りました」

王都で買った白百合を供え、静かな声で報告するレイモンド。その様子を見ていたシュリーは、ふわりと夫の隣に跪き、両手を前に掲げると深く礼をする。

優雅な仕草に少しだけ見惚れたレイモンドは、シュリーのその行為が相手に敬意を表する釧の作法、〝拱手《きょうしゅ》〟であることをシュリーから習い、知っていた。

自分の家族に礼を尽くしてくれる妻を見て、レイモンドは今ここにいるのがシュリーで良かったと、心からそう思ったのだった。

レイモンドが充分に家族への報告を行ったのを見計らい、シュリーは夫の手を引いた。

「陛下。実は私達の婚姻式で、一つだけ行えなかった釧の儀式があるのですが、宜《よろ》しければ今ここで行いませんこと？」

その顔にはいつもより幾分か柔らかい微笑を浮かべている。

「儀式？」

「本来であれば、釧ではそれをやらねば真の夫婦とは認められないものなのです」

「それは……是非《ぜひ》やろう。今すぐ」

真の夫婦と認められないと聞いて、レイモンドは前のめりにシュリーの手を取る。

焦《あせ》ったような顔の夫を愛おしく思いながら、シュリーは釧の婚姻の作法を説明した。

「これは〝拝堂《はいどう》〟といいまして、天地、父母、そして互いへ向けて三度の拝礼をする儀式です」

「天地と父母、互いに……」

「私達の婚姻式には、どちらの父母もおりませんでしたから。やらなくても問題ないと思っておりましたけれど、折角陛下のご家族に会えたのです。今ここで、貴方様と伴侶になったご挨拶《あいさつ》を改めてさせて頂きたいのですわ」

レイモンドの左側に立ち、ふわりと笑ったシュリーの顔を見たレイモンドは、その美しさにいつだって言葉を失うほど惹《ひ》かれてしまう。

「私の真似をして下さいまし」

言われるまま見様見真似で〝拝堂〟を行うレイモンド。

最後に向かい合って礼をした時、ふわりとシュリーの甘く神秘的な香りがレイモンドの鼻を掠める。

顔を上げた時に絡んだ視線が、何よりもレイモンドの胸を熱くする。

両親と兄が死に、世界に一人きり。取り残されたような心持ちだったレイモンドにとって、苦楽を共有し、常に味方で在ろうとしてくれるシュリーの存在は何よりも得難《がた》い奇跡のようだった。

他でもない目の前のシュリーこそが今の自分の家族なのだと思うと、妻が堪らなく愛おしくておかしくなりそうなほどだ。

「ひとつ。私も婚姻式でやり損ねた儀式がある」

シュリーの頬に触れたレイモンドが徐《おもむ》ろにそう言えば、シュリーは大きな瞳を瞬かせた。

「それは……なんですの？」

不思議そうな妻の耳許に口を寄せて、レイモンドは口角を上げて答える。

「誓いのキスだ」

記憶を辿《たど》ったシュリーは、あの日婚姻式でされた手の甲への口付けを思い出した。

「そなたの国の作法であの赤いヴェールを上げることができなかったからな。仕方なく手の甲にしたのだが、今ここであの日叶《かな》わなかったことをしてもいいだろうか」

レイモンドの声には、果てしない甘さとこの状況を楽しんでいるかのような軽妙さ、そして少しの切なさと懇願が混じっていた。

両手を広げて夫の首に抱き着いたシュリーが、その紅く蠱惑《こわく》的な唇を無防備に差し出す。

「私が駄目と言うはずが、ございませんでしょう？」

レイモンドの金色の瞳がゆっくりと伏せられるのに合わせて、シュリーもまた、黒曜石のような黒色の瞳を閉じた。密やかな墓所の一角でひっそりと、国王夫妻はいつかの強引《ごういん》で簡素でチグハグだった婚姻式のやり直しをした。

◇

「ここは……貧民街なのですか？」

帰り道。来る時とは違い、王都の反対側を回る馬車から窓の外を見ていたシュリーは、孤児院の近くにある廃《すた》れた一角を見てレイモンドに問い掛けた。

「そうだ。この辺りは貧民が行き着く場所だ。少し離れているが、孤児院も含めたこの一帯は元々国の管轄《かんかつ》だったが、今は私の直轄地になっている」

「陛下の？　まさか、それもフロランタナ公爵の指示ですの？」

「まあ、そんなところだ」

目線を鋭くした妻に苦笑したレイモンドは、ことの経緯を簡単に説明した。

「ここ数年、失業者が急増してな。それに伴い貧民街への民の流入も増加している。生産性もないこの場所を国費で運営するのは負担だからと、半ば強制的に私の直轄地になったのだ。その際、救済処置として月に数度の施しを国で実施することになっていたが、それも日に日に予算を削られている」

「……そうでしたの」

貧民街に生きる人々の虚《うつ》ろな表情、疲れ切った眼差し、ボロボロの衣服、瘦《や》せた体。物乞いが徘徊《はいかい》する路地裏は暗く薄汚い。それらをジッと見ていたシュリーは、考え込むように顎に手を寄せた。

「どうしたのだ?」

妻の様子が気になり問い掛けるレイモンドに対し、シュリーはニヤリと口角を上げた。

「少し、調べてみるのも良いかもしれませんわね」

シュリーがまた何かとんでもないことを考えているらしいことは分かったが、レイモンドはそれ以上追求しなかった。

「全てそなたの好きにしたらいい」

その腕に抱き締め、どこまでもシュリーを甘やかすレイモンドの柔らかな声を聞いて、シュリーは嬉《うれ》しそうに頰を緩める。

異端である自分を信頼し、何もかもを預けてくれる。そんな可愛い夫のために、シュリーはまた一つ、とある計画を立て始めたのだった。

第九章　堅白同異の弁

「今……何と言った？」

国王レイモンドは、議会の場での公爵の発言に耳を疑った。

「何度も同じことを言わせないで頂きたいものですな。ですから、貧民街への施しを打ち切るべきだと申し上げたのです」

やれやれと首を振りながら、フロランタナ公爵は自分が議会の中心であるかのように堂々とそう言った。

「それはつまり……彼等に死ねと言っているようなものではないか」

「貧民街に出入りするような者達は、真面目な仕事もできず職を失った者が大半です。そんな者達が生きていたところで何の意味もないでしょう。それよりもその分の予算を我が国発展の為に充てる方が余程建設的ではありませんか？　例えばそう、国の中枢を担う我等廷臣《ていしん》の俸給《ほうきゅう》を増やすのが妥当《だとう》でしょうな」

レイモンドは、叔父である公爵のあまりの暴論に眩暈《めまい》がした。

月に数度行っている貧民街への施しを廃止して、その分の予算を自分達に回せ、と言い張るその主張は流石《さすが》に横暴以外の何ものでもない。しかし、この有り得ない提案に対し、議会からは次から次へと賛成の声が上がった。

何せ今の議会は、フロランタナ公爵率いる貴族派が大半を占めている。レイモンドの父、先代国王の時代にこんな提案をすれば即刻却下され公爵は議会から追放されたであろうが、今のレイモンドにそんな力は無かった。

それでもレイモンドは国王として、このような国民の生命を蔑《ないがし》ろにする意見に屈するわけにはいかない。

「……公爵。議会に賛成の声が多いのはよく分かったが、この場で直《す》ぐに採決を取るのは早計ではないだろうか。予算の見直しであることに変わりはない。正式な報告書と議案書を出し、検討期間を置くのが妥当であろう」

苦し紛れではあるが正論でもあるレイモンドの言葉を嘲笑《あざわら》った公爵は、国王であるレイモンドへ尚《なお》も意見した。

「議会の過半数が賛成している案件に時間を割《さ》くのは愚の骨頂ではないですかね。他にも話し合う議題は多数あるのです。貧民等に割く時間も予算も、忙しい身の上の我等にはありませんな」

フロランタナ公爵が発言すれば、彼に従属する貴族派の議員達はそうだそうだと叫ぶ。

眩暈どころか頭痛までしてきたレイモンドが反対意見を考えていると、思いも寄らぬ人物が手を挙げた。

「よろしいですかな」

「ガレッティ侯爵……」

中立派の筆頭、ガレッティ侯爵。今まで王家にも貴族派にも味方してこなかった彼は、静まり返った議会へ向けて低い声で発言した。

「私は国王陛下のご意見に賛成です」

その言葉は思いの外《ほか》よく響いた。長い間中立を守ってきた中立派が国王側に付くというのか。その衝撃に議会の空気が揺らぎ、当のレイモンドでさえ目を見開いてガレッティ侯爵を見る。

「貧民であっても、国民には変わりありません。彼等の生命に関《かか》わることを、この場で直ぐに判じるのは些《いささ》か性急ではないでしょうか。もう暫《しば》し議論の時間を設けるべきでしょう」

フロランタナ公爵は、内心で苛立ちながらも頭を働かせる。ここでガレッティ侯爵と対立するのは得策ではない。今回の意見については、少しばかりことを急ぎ過ぎた為に厳格な侯爵には看過できなかっただけであろう。侯爵や中立派がレイモンドに付くと決まったわけではないのだから、穏便に済ませて様子を見るべきだ。

どちらにしろ、議会の過半数は貴族派。結論が変わることはない。そう考えた公爵は、自慢の口髭《くちひげ》を震わせて無理矢理笑顔を作ると拍手し出した。

「流石はガレッティ侯爵。崇高なご意見をありがとうございます。確かに仰《おっしゃ》る通りですな。いや、国を思うあまり急ぎ過ぎてしまったようです。ではこの件は、後日改めて議案書を提出し採決を取りましょうぞ」

こうして波乱と思惑《おもわく》を残したまま、この日の議会は閉会した。

◇

「ガレッティ侯爵」

レイモンドが声を掛けると、立ち止まったガレッティ侯爵は振り向き礼をした。

「先程は助かった」

「……フロランタナ公爵の意見はあまりにも強引《ごういん》でしたので賛成しかねると思ったまで。今後も陛下を全面的に支持するわけではありません」

「勿論《もちろん》そうであろうが、あのような暴論を直ぐに通さずに済んだだけでも大きな収穫であった。侯爵のお陰だ、礼を言わせてくれ」

侯爵は何かを言いかけて口を閉じ、結局はこう答えた。

「妻が、王妃殿下に大変お世話になっているようです。口を開けば王妃殿下を褒め称《たた》える言葉ばかり。先日も王妃殿下から直々に釧《セン》の茶器を賜ったそうです。その茶器で淹《い》れた茶はなかなか美味でございました。王妃殿下に宜《よろ》しくお伝え下さい」

「そうか。シュリー……王妃が。異国の地で心許《こころもと》ない王妃にとって、偏見もなく接してくれる夫人の優しさは掛け替えのないものなのであろう」

王妃の話題が出た途端に瞳《ひとみ》を和《やわ》らげる国王を見て、ガレッティ侯爵はそっと目を逸《そ》らした。

妻と懇意にする王妃の影響もあったが、侯爵が国王レイモンドを助けたのは、それだけが理由ではなかった。

以前、侯爵夫人が開いたお茶会に王妃が参加した際、国王であるレイモンドは王妃を迎えに行く為に、ガレッティ侯爵に同行して侯爵邸に赴《おもむ》いた。

同乗した馬車の中で短い世間話を交わしたのだが、その時にガレッティ侯爵はレイモンドの実直な人柄を見抜いて好感を持った。レイモンドにとっては何ということのない時間でしかなく、その後のシュリーとのいざこざの方が強烈だったが、侯爵にとっては国王の人柄を見極める貴重な時間だった。

急な即位になるまで、第二王子だったレイモンドの能力や人柄は謎《なぞ》に包まれていた。特に目立つこともなく、平凡であろうと思われていたレイモンドは、誠実で勤勉な男だった。厳格な侯爵には、欲深い公爵よりもレイモンドの方が好感を持てたのだ。

「……それでは私はこれで失礼致します」

しかし、そういった思いを言葉に出すことはなく、ガレッティ侯爵はその場を辞した。

どちらにしろ、シュリーが立役者であることに変わりはない。

議会に疲れ果てたレイモンドは、早く妻に会いたいと息を吐いた。

◇

「まあ……そんなことが。道理でお疲れなのですわね」

妻の膝《ひざ》に寝転びながら、レイモンドは存分に癒《い》やされていた。柔らかくて温かくていい匂《にお》いがして、おまけに頭まで撫《な》でてくれる。何だここは天国か。

デレッとした夫の顔を見下ろしたシュリーは、その目の下に広がる隈《くま》を見つけてふと手を止めた。

「そうですわ、良い物がありましてよ。リンリン、持って来て頂戴《ちょうだい》」

リンリンが出て行った室内で、レイモンドは思い切り妻の腹に顔を埋めて甘え出した。

「うふふ、あらあら。今日のシャオレイは甘えん坊ですこと。そんなに疲れていらっしゃるのね、お可哀想《かわいそう》に。どうぞお好きなだけ甘えて下さいまし」

「……うん」

好きなだけ、と許しを得て。よじよじと妻の体をよじ登ったレイモンドは、シュリーの細い首元に顔を埋めてスンスンと匂いを嗅《か》いだ。この甘くて花のように芳《かぐわ》しい香りが何処《どこ》から漂ってくるのか、知りたくなって探るように妻の体のあちこちに鼻先を埋めるレイモンド。

疲れ切った夫の奇行を平然と受け入れながら、シュリーはボサボサに乱れるまで夫の柔らかい金髪を撫で回した。

優秀なリンリンは何かを察したのか暫《しばら》く戻って来ず、妻の匂いを堪能しまくったレイモンドが正気に戻って気まずそうに頬《ほお》を掻《か》いたあたりで漸《よう》く扉がノックされた。

「これは……？」

リンリンが持って来たのは、ヴァイオリンのような形をした楽器だった。ボサボサの夫の頭を手櫛《てぐし》で整えてやりながら、シュリーが説明する。

「これは釧の楽器、二胡《にこ》でございます。私、楽にも多少の心得がございますのよ。ですので琴や横笛、琵琶、何でもできますけれど。特にこの二胡は私の父、釧の皇帝陛下がお気に召し、よくご所望頂きましたの。お疲れの陛下を二胡の音で癒やして差し上げますわ」

「そなたは楽器まで弾《ひ》けるのか。楽しみだ。是非聴かせてくれ」

微笑《ほほえ》んだシュリーは、その名の通り二本の弦がスッと通った二胡を縦に構えて、弦と弦の間に通した弓を弾き音を奏で始めた。

たった二本の弦から奏でられているとは思えないような、奥深く甘い音色。何より二胡を弾くシュリーの優雅な指の動きにすっかり魅了されたレイモンドは、一曲目が終わると無意識に拍手を贈っていた。

「素晴らしい、シュリー。そなたは本当に……できないことなどあるのか？」

夫からの純粋な質問に、シュリーは思わず吹き出していた。

「さあ、どうでございましょうね。今まで生きてきた中で、できずに困ったものも、成し遂げられなかったことも、手に入れられなかったものもございませんわ」

クスクスと一頻《ひとしき》り笑ったシュリーは、改めて弓を構えるとレイモンドに向けて微笑んだ。

「陛下。今の曲は肩慣らしにございましてよ。次に弾くのが癒《い》やしの曲でございます。どうぞ目を閉じてお聴き下さいませ」

「ああ、分かった」

素直に目を閉じた夫を見て、シュリーは再び演奏を始めた。先程よりも緩やかでゆったりとした曲調が、柔らかくレイモンドの耳に響く。

二胡の音に酔い痴《し》れながら、議会の疲れも相まってレイモンドは目を閉じたまま、やがて寝息を立て始めた。

レイモンドが眠りに就いても暫く二胡を奏で続けたシュリーは、夫が充分に熟睡したのを見極めてから演奏を止めた。

夫のあどけない寝顔に手を滑らせて、横にさせてあげながら、顔を上げたシュリーは、目をギラつかせていた。

「私の大事な旦那様をコケにしようだなんて、舐《な》めた真似をしてくれるじゃない。愚か者には自分が誰《だれ》を相手にしているか、きちんと分からせる必要があるわね」

セリカ王妃が初めてのお茶会を開くという噂《うわさ》が、瞬く間に王都を駆け巡ると、高位貴族の貴婦人達は招待状を今か今かと待ち侘《わ》びた。

一番最初に受け取ったガレッティ侯爵夫人を皮切りに、貴婦人達の元に次々と招待状が届く中で、筆頭貴族であるはずのフロランタナ公爵夫人の元には一向に届く気配すら無かった。

「まだ招待状は来ないのか」

すっかり社交界で話題になっているセリカ王妃の招待状について、気を揉《も》んだ公爵が苛立ちながら妻に詰め寄ると、夫人は夫人で目を血走らせて夫を睨《にら》んだ。

「昨日は貴方《あなた》と懇意にしているマドリーヌ伯爵の夫人に招待状が届いたそうですわ」

完全に格下だと思っていた相手から、まだ招待状が届いてないのかと小馬鹿《こばか》にされた夫人は、殺気立っていた。この前のお茶会の失態が原因じゃないか……と陰口を叩《たた》かれていることも大きかった。

そんな妻へと、公爵は火に油を注《そそ》ぐ。

「まったく。ガレッティ侯爵夫人は上手《うま》くやっていると言うのに。お前はあんな小娘一人も手懐《てなず》けられないのか。この前も王妃の邪魔をしろと言ったのに失敗しおって。筆頭公爵家の夫人として恥ずかしくないのか」

公爵のこの言葉に、夫人は完全に我慢の限界を迎えた。

「いい加減にしてっ！　そもそも！　貴方が！　あからさまに国王陛下を蔑ろになさるのが原因ではなくて⁉」

突然の妻の絶叫に飛び上がった公爵は、ワナワナと震えて妻を怒鳴り付けた。

「何だその言い草はっ⁉　私はアイツの叔父だ！　何故《なぜ》私がレイモンドなんぞに気を遣わねばならんのだ⁉　この国の真の支配者は私だ！　いずれ失脚する男に権限を与えてなるものかっ！」

「貴方のその邪《よこしま》な考えに私を巻き込まないで頂戴！」

公爵夫人は泣き叫んだ。王妃気取りの公爵夫人が真の王妃にやり込められた前回のお茶会の噂は、セリカ王妃への賛美と共に社交界中に広まっていた。それもこれも、そうするよう自分に指示をした夫のせいだと屈辱に震える夫人は何もかもが限界だった。

いくら夫が国王の叔父で、現政権を支配し王位継承権を持っていようとも、現国王に対する夫の態度はあまりにも露骨過ぎた。政治の場ではまだいいかもしれないが、序列を重んじる社交界では下品だと取られかねない行き過ぎた行動。

特に貴婦人達が集まる女の社交の場では、王妃がいなかったこれまでは誰も公爵夫人に物申したりはしなかったが、セリカ王妃がデビューし、何より一筋縄ではいかない強者だと知れた今、王妃を貶《おとし》めようとした公爵夫人は浮いていた。

今回のお茶会の招待状が、それを如実に表していた。王妃は選ばれる立場ではなく、選ぶ立場であるのだと。絶対的な方法で、それを公言しているのだ。そのことにこの夫は気付いていない。

「だったら私がレイモンドを脅してでも王妃の招待状を手に入れてやる！」

公爵のその言葉に、公爵夫人は全《すべ》てを諦《あきら》めた。異邦人だと馬鹿《ばか》にしているセリカ王妃がどんなに危険な人物か。訴えた夫人の言葉は夫に少しも届いていなかったのだ。それどころかこの男は、政治の場と同じように社交界も簡単に支配できて当然だと考えている。

「そんなことをすれば、卑怯《ひきょう》な手で招待状を手に入れた私は社交界の笑われ者になりますわ。私はもう疲れました。体調も優《すぐ》れませんし、領地に戻って療養することに致します。そうすれば、お茶会に出られない名分にもなるでしょうから」

「何を言っている！　おい、何処に行く気だ!?　話はまだ終わっていないぞ！」

夫の罵声を背に部屋に引き籠《こ》もった夫人は、ずっと考えないようにしていたことが頭を過《よぎ》る。

王座を奪うつもりの夫には、本当に国王としての器量があるのだろうか……と。

「シュリー、準備は順調か？」

初めて主催するお茶会に向けて準備を進めるシュリーと、そんな妻を労《いたわ》るレイモンド。

その視線を受けたシュリーは、甘く美しい笑みを夫に向けた。

「陛下。お陰様で滞《とどこお》りございませんわ。そうそう、ちょうど陛下にお贈りしたいものがございましたの」

「ん？　なんだ？」

妻に手招きされたレイモンドは、シュリーの隣に腰を下ろした。するとすかさずリンリンが、シルクに包まれた何かを持って来る。

「ギリギリでしたけれど、やっと満足のいくものが仕上がりましたのよ。お気に召して頂けると有《あ》り難《がた》いのですけれど……」

そう言ってシュリーがシルクの布を取ると、出てきたものを見てレイモンドは目を見開いた。

「これは……！」

薄くて硬質な白い肌地に、鮮やかなコバルトブルーで美しい模様が描かれた見事な一枚の皿。

「このアストラダム王国で……いいえ、西洋で初めて作られた白磁の皿に、呉須《ごす》で絵付けを施した藍花《ランファ》でございますわ」

「なに？　これが、この国で作られたのか？」

「はい。私が、王都にある窯元《かまもと》に白磁の技術を教えたのです。絵付けの図案は釧から持参した釧の皇帝陛下が愛用されていたものを参考に、私が考案致しましたの。ほら、ここをご覧になって下さいませ」

シュリーが指差す皿の縁には、何やら文字のようなものが書かれていた。

「……これは、私に贈ってくれた書と同じ文字ではないか？」

そこには、今や玉座の間の名物ともなった【我愛你小蕾《ウォーアイニーシャオレイ》】の文字が品良く模様の中に組み込まれていた。

「左様ですわ！　そしてこちら、裏面には窯元の印と……ここ、お分かりになりまして？」

「……数字か？」

シュリーの細い指の先には、レイモンドにも分かる文字と釧の文字で同じ数字が二つ書かれていた。

「これと同じ皿を、限定で三十枚だけ作りましたの。一枚一枚に一から三十までの数字を刻んだのですわ。西洋初の磁器と限定の数字。その中でもこれは陛下に献上するため特に念入りに仕上げた、最も特別な一番目の皿にございます」

西洋初、限定、数字、特別、一番目。シュリーの言葉でレイモンドは、手の中に載せた皿が実際以上に重く感じられた。見た目も勿論美しいのだが、シュリーの言葉によってその皿にはそれ以上の計り知れない価値と希少性が付随したのだ。

我愛你
小蕾

「この皿の残り二十九枚を、次のお茶会で招待客の皆さんに配ろうと思いますの。そして孤児院で蚕《かいこ》を育て、無事に織物にまで仕上げた初のアストラダム産シルクも。量は少ないですが、ハンカチにしてお配りする予定ですわ」

「……アストラダム産の磁器とシルクか。どちらも釧以外の国で作られた前例はない。これは国内だけでなく、諸外国にもさぞや衝撃を与えるだろうな」

感心する夫へ向けて、シュリーは意味深に微笑んだ。そして、レイモンドの腕に手を絡《から》ませて、その耳元で誘惑するかのように甘く囁《ささや》いた。

「この皿とシルクで、陛下の憂いを断ってしまいませんこと?」

「……憂いを?」

よく分からず聞き返したレイモンドに、シュリーは更に身を寄せた。

「この二つには色々と利用価値がございますわ。使い方次第では、五月蝿《うるさ》い小蝿《こばえ》を黙らせることもできましょうね。例えば……」

そっと耳打ちされたシュリーの計画を聞いて、レイモンドは徐々に顔色を変えていく。

「そんなことが……私に可能だろうか」

「陛下ならきっと成功なさいますわ。如何《いかが》でございましょう?」

夫を見上げるシュリーの黒い瞳には、この状況を楽しんでいるような気配もあったが、それ以上にレイモンドに対する信頼と情が溢《あふ》れていた。その輝く瞳を見て、レイモンドは妻の期待を裏切りたくないと決意する。

「そうだな……そなたがここまで協力してくれたのだ。いつまでも国王である私が萎縮《いしゅく》しているわけにもいくまい。ここは一つ、そなたの力を借りて奮闘してみよう」

「それでこそ私のシャオレイですわ。万事問題ございません。恐れることなど何一つございませんことよ。何せ、貴方様の隣に居るのは他でもないこの私なのですから」

胸に手を当てて堂々と微笑むシュリーの細腕には、金に宝玉が嵌《は》められた四獣の腕環が煌《きら》めいていた。

◇

王宮で開かれたセリカ王妃のお茶会には、招待状を受け取った二十九人の貴婦人達が参加した。揃《そろ》いも揃ってセリカ王妃を真似《まね》た釧風のドレスに身を包んだ彼女達の中には、フロランタナ公爵夫人の姿は無かった。

社交界から姿を消した公爵夫人については、体調を壊して療養中、そもそも招待状を受け取っていなかった、王妃の逆鱗《げきりん》に触れて追放された、等様々な噂が囁かれたが、真偽は定かではない。

華々しく国中の視線を集めたこのお茶会はしかし、とても奇妙な現象を引き起こした。

常であれば、ここまで注目を集めるお茶会でどんなものが話題に上り、どんなものが供され、どんなものが次の流行になるか、といった噂が瞬く間に広がるのだが、参加者は不思議なことに、お茶会直後からその内容について一様に固く口を閉ざしたのだ。

セリカ王妃のお茶会でいったい何があったのか。

誰もが口を噤《つぐ》む程の失態があったのか。はたまた何かわけがあって参加者は厳しい箝口令《かんこうれい》を強《し》いられているのか。

不気味な程に沈黙を貫く参加者達に、招待状を受け取れなかった家門では様々な憶測が飛び交い、誰もが情報を欲した。そして人々は無意識のうちに刷り込まれていく。

美しく気高く風変わりな異邦人、セリカ王妃。良くも悪くも彼女こそが、常に社交界の話題の中心にいるのだと。

「ふん。やはり、野蛮人の王妃など大したことはなかったな」

セリカ王妃のお茶会についての憶測が飛び交う中、フロランタナ公爵は一人ほくそ笑んでいた。お茶会が失敗に終わった、という一部の噂《うわさ》だけを聞き付けて信じ込んだ公爵は、その結果に大いに満足していたのだ。やはり、少しばかり目立つとはいえ所詮《しょせん》はただの小娘。王妃を警戒する必要などなかったのだ、と安心し切った公爵。

「マドリーヌ伯爵、マクロン男爵。そなたらの奥方もお茶会に出たと聞いたが、さぞや王妃は酷《ひど》い失態を晒《さら》したのであろうな」

話を振られたマドリーヌ伯爵とマクロン男爵は、揃《そろ》って首を傾《かしげ》げた。

「はて……どうでしょうな。何せ妻はお茶会の話をしたがらないもので」

「私の妻もそうです。聞いても何も答えませんもので」

「ハッ！　やはりな。それ程に悲惨な場だったのであろう。我が妻が出席しなかったのは正解だったのだ！」

結局フロランタナ公爵夫人の元に招待状は来なかった。そのことを無理矢理肯定するように声を張り上げた公爵は、取り巻き達に向けて言い放った。

「それよりも、今日の議会では例の貧民街の件を正式に発議する。貧民用の予算なんぞ、もともと端《はし》た金に過ぎないが、少しでも金が我等の手に流れると思えば悪くない。何よりレイモンドは昔から孤児院を支援したり、貧民街での慈善活動をしたりする変わり者であった。アイツの顔を潰《つぶ》すのに今回の発議は良い見せしめになるだろう」

「ですが閣下、ガレッティ侯爵のことはどうするのです？　この件については何やら国王陛下の意見に賛成されていましたが」

「フンッ。どうせ今回だけだ。あの頑固者がそう簡単に中立の立ち位置を崩すわけがない。それにどちらにしろ、中立派の票が全《すべ》て流れようとも、過半数を確保する我が貴族派に太刀《たち》打《う》ちできるはずもなかろう」

「確かに……」

「それもそうですな」

目を合わせたマドリーヌ伯爵とマクロン男爵は、公爵の言葉を肯定しながら頷《うなず》き合った。

「では行くぞ！　あの生意気なレイモンドの鼻をへし折ってやるのだ！」

自分の意見に納得した取り巻き達を引き連れて、フロランタナ公爵は議会の場へと向かったのだった。

◇

「前回のガレッティ侯爵のご意見を踏まえて、今回改めて議案書を用意致しました。これによれば、貧民街への流入は年々増加し、現在では過去最高の人数を記録しているとか。陛下が甘やかして施しなんぞ授けるから、仕事をしない貧民がこんなに増えているのです。今すぐ貧民街への施しを廃止し、我々の俸給《ほうきゅう》を上げて頂きたい！」

声高《こわだか》に議場の中央で宣言したフロランタナ公爵。その様子を国王レイモンド二世は静かに見つめていた。

「……公爵の意見はよく分かった。此度《こたび》は正式な書類も提出されている。この議題について、意見のある者はいるか？」

国王の投げ掛けに、答える者は誰《だれ》一人いなかった。フロランタナ公爵は自慢の口髭《くちひげ》を触りニヤリと笑う。

そんな中、国王レイモンドが腰を上げる。

「……では私が意見しよう。私は公爵の意見に反対だ。確かに彼等は貧民という立場にいるが、我が国の国民であり貴重な人材であることに変わりはない。施しを廃止し彼等が飢え死にするようなことがあってはならない」

力強く言い切った国王を、公爵は鼻で笑い飛ばした。

「陛下！　それはあまりにも青臭い意見ですな。満足に仕事も出来ぬような奴等《やつら》の、一体何処《どこ》に価値があると言うのです。役立たずで汚らしく、価値もない。あんなものはゴミに等しい。ゴミは綺麗《きれい》に掃除すべきです！」

議場の中心で国王の意見を否定する。そんな自身の発言に酔う公爵。国王レイモンドは静かに立ち上がると、議会へ向けて問い掛けた。

「他に意見はないだろうか」

議会は静まり返り、発言する者はいなかった。

「では採決に移る。フロランタナ公爵の発議に賛成し、貧民街への施しを廃止すべきと思う者は起立せよ」

公爵は立ちながら、結果の分かり切った採決に目を閉じた。こんなものは見る必要すらないのだ。それ程までに、公爵の地位は盤石《ばんじゃく》であり国王よりも格上なのである。

「次に、公爵の発議に反対の者は起立せよ」

今度は座り込みながら。フロランタナ公爵は相変わらず目を開けなかった。目を開けて立っているのがレイモンド一人では、あまりに可哀想《かわいそう》だ。そんな惨《みじ》めな甥《おい》の姿は想像しただけで笑えてくる。笑みを堪《こら》え切れない公爵は、妄想の中のレイモンドを散々嘲笑《あざわら》いながら結果が出るのを待った。


「書記官の集計が終わったので結果を発表する」

思ったよりも時間の掛かった集計に苛立《いらだ》ちつつ、公爵はやっと目を開けた。レイモンドの悔しそうな顔を想像していた公爵は、いつもと変わらぬ澄まし顔の甥に舌打ちした。分かり切った結果よりも甥の歪《ゆが》んだ顔の方が楽しみだというのに、何とつまらないことか。

不満げな公爵は、次の瞬間耳を疑った。

「賛成35人、反対38人。これによりフロランタナ公爵の発議は棄却された。次の議題は……」

「…………何だ、と？」

「ちょっと待て！　不正だ！　こんなことがあってはならん！」

突然激昂《げっこう》し出したフロランタナ公爵に、議会から冷たい目が向けられる。

「フロランタナ公爵、静粛《せいしゅく》に。……急にどうしたというのだ」

国王から窘《たしな》められた公爵は、興奮し過ぎて周りが見えていなかった。

「先程の議案だ！　どう考えても集計結果がおかしいではないかっ！　さては票数を操作したのであろう⁉」

レイモンドは大袈裟《おおげさ》に溜め息を吐くと、公爵へと冷静に答えた。

「何を言い出すのだ。採決はこの場で行われたではないか。僅差《きんさ》ではあったが、反対の方が多かったのは事実。公爵も目にしていただろう？　不正など不可能だ。それともまさか、自身の発議に関する採決を見ていなかったのか？」

「そ、それは……っ！　まさか、そんなことは有り得ん、私は……」

「フロランタナ公爵。自身の発議案が通らず悔しむ気持ちは分かるが、これ以上議会を停滞させる気ならば退出を願う」

「な、に……？」

そこで漸《ようや》く公爵は、自分を見る周りの視線に気付いた。

眉間《みけん》に皺《しわ》を寄せる者、冷ややかな目を向ける者、やれやれと肩をすくめる者。呆《あき》れ果てたようなその空気が自分に向けられているのを感じた公爵は、怒りと屈辱に顔を歪ませながらも押し黙った。

公爵が大人しく着席したのを見届けて、国王レイモンドは何事もなかったかのように書類に目を落とした。

「さて、続いての議題だが……」

◇

時を遡《さかのぼ》り、セリカ王妃のお茶会にて。

「まあ、王妃様……この素晴らしい皿はいったい……」

王妃の細やかな心遣いが行き届いたお茶会はとても盛り上がった。最後に王妃から参加者に向けて贈られた木箱の中には、それはそれは見事な皿とシルクのハンカチが品よく収まっていた。中身を見た貴婦人達から、次々と感嘆の声が上がる。

「このハンカチ、以前頂いたものと同じくとても繊細な刺繍《ししゅう》を施して頂いたのですわね！　それにしても、こんなに肌触りの良いシルクは初めてですわ！」

「こちらのお皿も、白地に鮮やかなコバルトブルーが何と美しいのかしら。これは釧《セン》の磁器ですわよね？」

釧の磁器は白い金《きん》とも言われ、西洋諸国では高値で取引される。そんな品を参加者全員分用意するなんて、セリカ王妃はなんと気前がいいのか。その視線に王妃はふっと笑みを漏《も》らした。

「残念ながらこちらの皿は、釧の磁器ではございませんの」

「え……？」

「そして、一緒にお入れしたハンカチも、釧のシルクではございません」

王妃の言葉に動揺する貴婦人達へ、王妃は穏やかな笑みを浮かべたまま伝えた。

「この皿とシルクは、釧ではなく、我が国アストラダムで作られた品でしてよ」

ザワッと、途端に驚愕《きょうがく》の表情を浮かべた貴婦人達は、改めて王妃からの贈り物を見た。どう見ても見事なその皿とシルクが、自国で生産されたものであるとは。到底信じられなかった。

「お、王妃様……それは、どういう事ですの？」

動揺と驚きに胸を押さえながら問い掛けたガレッティ侯爵夫人へと、セリカ王妃は丁寧に答えた。

「私《わたくし》が、磁器とシルクの技法をこの国に持ち込んだのですわ。どちらも釧国内でしか伝えられていない秘中の技ですが、私の手によってこの国でも生産が可能となったのです」

「信じられません……そんな事が、西洋中の憧《あこが》れ、釧の磁器とシルクが我が国で……？」

ガレッティ侯爵夫人は震えていた。それもそのはず。侯爵夫人は理解していたのだ。西洋諸国で絶大な人気を誇るシルクと磁器は、長年その製法が研究され続けてきたが、釧以外の国で製造に成功した事例はない。それを、こんなにも簡単にセリカ王妃は成し遂げた。これが明らかになれば、西洋諸国の勢力図を一変させる大事件となる。

他にもことの重大さに気付いた貴婦人の数人が、畏れすら滲《にじ》ませる視線を王妃へと向けて押し黙っていた。しかし一方で、ただただ凄《すご》いと感心する者は皿を手に取って眺めたり、隣の者と感想を語り合ったりしている。

そんな空気の中でも相変わらず穏やかに微笑《ほほえ》むセリカ王妃。

「こちらの磁器とシルクは、アストラダム……いいえ、西洋で初めて作られたものです。皆さんのお眼鏡《めがね》に適《かな》えば本格的に事業を展開しようと考えておりますの。如何《いかが》ですこと？」

「言うまでもなく素晴らしいですわ！　我が家が所蔵する、釧の最高級の皿と遜色《そんしょく》ございませんっ！　このシルクも、肌触りも艶《つや》も完璧《かんぺき》でございます」

身を乗り出す侯爵夫人に、王妃は頷いた。

「ありがとう。どうやら他の皆さんもお気に召して下さったようですわね」

王妃の問い掛けにあちこちから絶賛の声が上がる。一頻《ひとしき》りその様を眺めた王妃は、よく通る声で貴婦人達に声を掛けた。

「ここで皆さんにご相談がございますの。この〝お土産《みやげ》〟のことは、暫くの間口外しないで頂きたいのですわ」

王妃の言葉に驚いた貴婦人達は、ザワザワと目を見合わせた。

「何故《なぜ》です？　このように素晴らしい品、とても話題になりますわ。直《す》ぐにでも自慢したいくらいです」

「そう言って頂けて嬉《うれ》しいわ。でもね、皆さんが口を噤《つぐ》めば噤むほど、この品の……特にこの皿の価値は上がりますのよ」

「それはいったい……」

それまで開いていた扇子《せんす》を静かに閉じたセリカ王妃は、美しく優雅な所作で茶を飲むと、その黒曜石のような瞳《ひとみ》を貴婦人達へ向けた。

「皆さんは、〝幻〟の作り方をご存じですこと？」


セリカ王妃の赤い唇から飛び出たその謎《なぞ》掛けのような言葉に、王妃の言動に惹《ひ》きつけられていた面々は一瞬虚《きょ》を突かれた。

「えっと……」

「うふふ、少し抽象的過ぎたかしら。そうね、例えば……」

セリカ王妃は、自らの頭に手を伸ばし一本の簪《かんざし》を抜き取った。濡烏《ぬれがらす》の黒髪がはらりと一房揺れ落ちる。

「この簪は、釧ではちょっとした逸話《いつわ》のある、〝幻〟の簪ですの。その昔、傾国の美女と謳《うた》われた皇妃が皇帝と出会った頃に愛用していた品と言われておりますわ。釧ではこれ一本で邸《やしき》一つを買えるくらいの価値がございましてよ」

「邸を……!?」

「皇妃が身に付けていた時はただの簪に過ぎぬ品でしたが、皇妃の名と共に後の世で思わぬ価値が生まれたのですわ。このように、〝幻〟というのは人々の興味を惹《ひ》きつけ、想像以上の付加価値を生み出す魔法のような言葉ですの」

王妃の話に引き込まれた貴婦人達は、王妃の一挙手一投足を見つめ、その言葉を一言も聞き漏らさないように固唾《かたず》を飲んだ。

「希少で滅多に世に出ない、その所在すら定かではないような〝幻〟の品には、必ずそれを追い求める蒐集《しゅうしゅう》家が存在するものですわ」

はらりと揺れる髪を再び纏《まと》め上げて簪で留めた王妃は、その瞳を居並ぶ貴婦人達一人一人に向けた。

「この皿は、一枚一枚私が直々に絵付けを施しましたの。表には、私が国王陛下に贈った書の文字を組み込んでますわ。ここにある二十九枚と、陛下に献上した一枚、合わせて三十枚だけ特別に作らせたものです。今後同じものを作る予定はありません。その証拠として、一から三十までの通し番号を裏面に刻んでいますのよ」

それを聞いてそっと皿の裏面を見る貴婦人達。それぞれの数字を目敏《めざと》くなぞる指先は、震え始めていた。

「今後私は、シルクと磁器の事業を本格的に始める予定です。想像してみて下さいまし。私が成功し、アストラダム産の磁器が世に出て人気となり、釧の磁器と同じように高値で取引されるようになった暁《あかつき》には、この皿の価値はどうなっているかしら」

静まり返った貴婦人達は、息をするのも忘れる程にセリカ王妃の声に聞き入った。

「隣国ポルティアン王国では、釧の白磁に目の眩《くら》んだ将軍が精鋭部隊一つと白磁の皿を交換したと噂になってましたわね。西洋で初めて作られ、王妃が直々に絵付けした特別な三十枚だけの皿。更に熱心な蒐集家は通し番号に弱い方が多いわ」

ゾッ、と。貴婦人達の間に鳥肌が広がり、取り憑《つ》かれたように一心に王妃を見つめていた。

「秘して秘して、アストラダム産の磁器の人気が絶頂に達した時。この皿の存在が明らかになれば、この皿を〝幻〟にできますのよ」

誰もが声を失う中、その空気を壊すように、セリカ王妃は軽《かろ》やかな笑い声を漏らした。

「うふふ。どうかしら。今日のこの話を、暫くの間口外しないで頂けるかしら？」

漸く呼吸を思い出した貴婦人達は、心に決める。この話を絶対に、絶対に他の家門に漏らしてはならないと。この皿は誰の目にも触れさせず、屋敷の奥に厳重に保管しなければ。

大きく深呼吸しながら頷く面々を見回して、セリカ王妃は少しだけ間《ま》を置いた。彼女達にも呼吸する時間を与えないと、酸欠で倒れられても困るからだ。つまり、王妃の話はこれで終わりではないのだ。

「……ですけれど、一つだけ。この事業を始めるにあたって、懸念がございますの」

セリカ王妃が困ったように溜め息を吐くと、すっかり彼女に魅了された貴婦人達は揃いも揃って顔色を変えた。

「まあ！　そ、それは何ですの？」

食い気味の問いに、王妃は柳眉《りゅうび》を下げて扇子を広げた。

「それが……次の議会で発議される予定の、貧民街の施しの件ですわ」

「貧民街の……と言いますと、フロランタナ公爵が発案された議題でしょうか？」

「ええ。陛下からお話を伺《うかが》った時は驚きましたわ。まさか貧民を救済する為の予算を、自分の俸給に充《あ》てようだなんて。到底国政を担《にな》う者の発言とは思えないわ」

王妃の発言に、貴族派の夫人達が気まずげに目を逸らした。

「それは……確かに、私の主人も反対をしておりましたが。ですが、その議案と王妃様の事業にどんな関係が……？」

困惑したように首を傾げるガレッティ侯爵夫人。その他の貴婦人達からも怪訝《けげん》な視線を受けて、セリカ王妃は背筋を伸ばした。

「私は、この事業の中心となる工場を、貧民街に作るつもりですの」

「な、何故わざわざ貧民街に……!?」

ザワザワと目を瞠《みは》る周囲に向けて、王妃は少しだけ声を潜《ひそ》めた。

「ここ数年、貧民街への民の流入が増加しているのはご存じですこと？」

「聞いたことがありますわ。……失業者がかつてない勢いで増えていると……」

「陛下からそのお話を伺った際、気になって私なりに調べてみましたの。そうしましたら、失業者が増えている原因は他でもない、私の祖国、釧だったのです」

「……どういうことですの？」

驚きを隠せない貴婦人達に、王妃は憂いを含んだ目線を向けた。

「釧からの輸入品は、我が国だけでなく、西洋中で人気ですわよね。その輸入量は年々増すばかり。

特に磁器とシルクは需要に供給が追い付かない勢いですわ。これに押され、本来国内で出回るはずのアストラダム産陶器の価値は落ち、リネンやウールは安く買い叩《たた》かれるようになりました。そのせいで国内の窯元や紡績・機《はた》織り業を営んでいた者達が職を失ったのです。彼等は貧民街に流れ、今この瞬間も飢えと貧しさに苦しんでいますのよ」

ハッと息を呑《の》む貴婦人達の声を聞きながら、王妃は切なげに胸に手を当てた。

「私は釧出身の王妃として、民を思い遣る国王陛下の妻として、彼等を救いたいのです。そして、彼等の持つ陶芸や紡績、機織りの技術は必ずや私の事業に役立ちますわ。彼等は仕事を渇望《かつぼう》し、必要な技術を既に持っているのです。これ以上に打ってつけの人材が他にありまして？」

「……確かに、一から技術を習得させるより、似通った職に覚えのある者の方がずっと適しておりますわ」

納得したように呟《つぶや》くガレッティ侯爵夫人。他の貴婦人達も、無意識のうちに頷き同意を示していた。

「ですので今、貧民街への施しが廃止されればとても困るのです。彼等は飢えに苦しみ、餓死者が出てこのような状況を作り出した王侯貴族に対し恨みを持つでしょう。釧の皇女でもある私は、余計に憎まれ永遠に彼等と和解する道が閉ざされてしまいます」

一度言葉を区切り、貴婦人達の視線が十分に同情を孕《はら》んだところで王妃は呟くように声を落とした。

「彼等は、この事業になくてはならない存在なのですわ」

「今日、お集まりの皆さんの中には、この議案に賛成する貴族派の家門の方々もいらっしゃると思います。議会の過半数を占める貴族派が、このように心無い議案を発案されたこと、国王陛下はとても胸を痛めていらっしゃるわ」

貴族派の有力者であるマドリーヌ伯爵夫人とマクロン男爵夫人は眉《まゆ》を寄せて目を見合わせた。他にも貴族派派閥の貴婦人達が静かに目線を交わす中、セリカ王妃は彼女達に体を向けた。

「ガレッティ侯爵を始めとした中立派の方々も、この議案には反対の意を示していらっしゃると伺いましてよ。そして私の心も、常に国王陛下と同じです。この議案を可決させるわけには参りませんの。そこで……皆さんのお力をお貸し頂けないかしら」

王妃の言葉に、この中の貴族派で一番高位であるマドリーヌ伯爵夫人が苦しげに答えた。

「……勿論《もちろん》、お力になりたいと思います。ですが、王妃様。私達は、夫の政治に口を出すような立場では……」

本当に申し訳なさそうな伯爵夫人の様子を見て、セリカ王妃は少し離れた席の彼女に労《いたわ》るような声音で語り掛けた。

「説得してくれとは言いませんわ。夫人方が政治に口を出すのは、難しいことであるとよくよく存じ上げております。ですが、例えば。陛下に交渉の機会を頂くことはできませんこと？」

「交渉の機会、でございますか……？」

顔を上げたマドリーヌ伯爵夫人へと、セリカ王妃は力強く輝く黒曜石の目を向けた。

「陛下と伯爵が会う機会を調《ととの》えて頂きたいの。貧民街の重要性は、私の〝お土産〟の説明をすれば、きっと伯爵も理解して下さるはずです。後はその件で陛下とお会いするお時間を作って欲しいと取り次いで下さるだけで良いわ」

王妃の切実な瞳を見て、伯爵夫人はごくりと唾を飲み込んだ。そして、小さく頷き顔を上げる。

「……それでしたら、何とかできるかもしれません。是非、お力添えをさせて下さいませ」

伯爵夫人の決意した横顔を見て、隣に座るマクロン男爵夫人も手を挙げた。

「私も、主人に話してみます！」

貴族派の有力者である二人の夫人の声を聞き、他の貴族派家門の貴婦人達も次々に協力を申し出る。

「皆さん、ありがとう。後は陛下がご当主の方々を説得して下さると信じましょう」

一つに纏まったお茶会の雰囲気をひしひしと感じ取りながら、最後にセリカ王妃は付け加えた。

「この議案が棄却されれば、私は本格的に事業を始める予定です。もし希望があれば、皆さんの家門から投資を受け付けましてよ。成功すればどれ程の利益《りえき》が出るか、計り知れないわ。その件も含めて是非、それぞれのご主人に相談なさって頂戴」

扇子で口許《くちもと》を隠したセリカ王妃は、その下でニンマリとほくそ笑んだのだった。

第十一章　異体同心

「シュリー！」

　波乱の議会を終え戻ったレイモンドは、待ち構えていた妻に抱き着いた。小柄なシュリーはレイモンドの腕に収まりながらも危なげなく夫を支える。

「上手《うま》くいったようですわね、流石《さすが》陛下です」

「何を言う。全《すべ》てそなたのお陰ではないか」

「私《わたくし》は少しだけお手伝いをしただけですわ。伯爵や男爵を説得なさったのは陛下です。ついでに事業の投資話まで纏《まと》めて下さいましたわ」

「あの二人は有能な事業家としても有名だからな。そなたの投資話に食い付かないわけがない。それにしても……今回そなたが選んだ貴族派の者達は、マドリーヌ伯爵やマクロン男爵を含めて先王時代に国王派に属していたり関係があった者達だった。だからこそ糸口があった。いったいどこで情報を得たのだ？」

「うふふ。企業秘密ですわ」

　人差し指を唇に当てたシュリーは、秘密と聞いてムッとする夫の手を引っ張った。

「そんな事より、お早く来て下さいまし。陛下の為に私自ら作りましたのよ」

　二人きりの晩餐《ばんさん》の席に座らされたレイモンドは、目の前に出された見慣れぬ料理に戸惑い妻を見た。

「これは……？」

「これは餃子《ぎょうざ》ですわ。釧《セン》では慶事の際に出される、とても縁起の良い食べ物ですのよ」

「これを、そなたが作ったのか？」

「はい。私、料理には多少の心得がございますの」

いつもの通り、胸に手を当てて微笑む妻を見て、レイモンドは臆《おく》することなく未知の食べ物を口に運んだ。

「ん、美味《うま》い……！」

スプーンで器用に餃子を掬《すく》っては口に入れるレイモンドは妻の手料理を大層気に入ったようで、その様を眺めていたシュリーは目を細めた。

「お気に召して頂けまして？」

「勿論《もちろん》だ。そなたは天才だな」

「ええ、よく言われますわ」

クスクスと笑ったシュリーは、そのままレイモンドに近付いた。

「釧では婚姻式の時にもこの餃子がよく出されますのよ。何故《なぜ》だか分かりますこと？」

近くまで来た妻を見上げながら、レイモンドは首を傾《かし》げる。

「いや。何故なのだ？」

いつぞやのように、夫の耳元に近寄ったシュリーは、わざと息が掛かる距離でそっと囁《ささや》いた。

「この餃子を食して交われば、子宝に恵まれると言われているからですわ」

「ぶっ……!?」

「あらあら、まあまあ。陛下、大事ありませんこと？」

急に咳《せ》き込んだレイモンドの背を撫《な》でながら、シュリーはますます笑みを深めた。色んな意味で真《ま》っ赤《か》になる夫が可愛《かわい》くて仕方ない。

「ゴホッ……シュリー……そなた……ッ」

「私、今回は陛下の為に色々と頑張りましたわ。ご褒美を頂いてもよいかと思うのですけれど」

「ほ、褒美……とは？」

呼吸もままならない程に動揺したレイモンドが問うと、その赤くなった頰《ほお》をなぞりながらシュリーは黒い瞳《ひとみ》を愛おしげに細めた。そして夫の手を取り、自らの腹に導いて甘く囁《ささや》く。

「……シャオレイによく似た子が欲しいわ」

「…………ッ!?」

困惑と期待で混乱したレイモンドが手を伸ばすと、シュリーはその手をひらりと躱《かわ》して自分の席に戻った。肩透かしを食らったレイモンドは行き場のない手と激しく脈打つ心臓を持て余して愕然《がくぜん》とした。それを楽しげに眺めながら、無慈悲なシュリーは何事も無かったかのように話題を変える。

「それにしても。公爵はさぞかし面白《おもしろ》い顔をなさったのではなくて？」

「あ、ああ。……そうだな、うん」

なかなか現実に戻ってこられないレイモンドはそれでも何とか頷《うなず》いた。議会でのフロランタナ公爵の取り乱し様を思い出し、漸《ようや》く正気を取り戻す。

「確かに、あんな公爵を見たのは初めてだ。いつも踏ん反り返っている公爵からは想像もつかないような醜態を晒《さら》していた」

「まあ。それはさぞかし見ものでしたのでしょうね。……これで陛下の憂いは、少しでも晴れましたかしら？」

自分を見る妻の瞳を見て、レイモンドは改めて気付いた。あのお茶会も、議会のお膳立ても、今日の手料理も。多少の悪ふざけがありつつも、シュリーの目的は全て、レイモンドの疲弊した心を労《いたわ》ることだったのだと。

そう思うと、堪《たま》らなくなる。

日を追う毎に、言葉を交わし、目を合わせる度に、シュリーという規格外でとんでもない妻の存在が、レイモンドにとって掛け替えのないものになっていく。

「……ああ。そなたには感謝するばかりだ」

少しでもその思いを伝えたいレイモンドだったが、シュリーはそんな夫の言葉を温かく笑って拒否した。

「その感謝は不要ですわ」

首を横に振ったシュリーは、力強く輝く黒曜石の瞳を真っ直《す》ぐに夫へ向ける。

「私達は異体同心。私達の間には、感謝も謝罪も不要ですのよ」

感激して言葉を失ったレイモンドは、ふと視界の端に鮮やかな赤を捉《とら》えた。

「その薔薇《ばら》……随分と長く咲いているな」

ぽつりと呟《つぶや》いた夫の視線の先には、レイモンドから初めて贈られた薔薇が今でも咲き誇っていた。

「陛下から初めて頂いた花ですもの。殊更《ことさら》丁寧に手入れをして、少しでも長く手元に置きたいのは当然ですわ」

「シュリー……」

今度こそ。レイモンドがシュリーへと手を伸ばしたところで。

ガチャン、と大きめの音が響く。

「…………」

恐らく、入室しかけて空気を察し、慌てて退室しようとしたところで思いの外《ほか》強く扉を閉めてしまったのであろうドーラが、気まずい顔をしてそこに立っていた。

「ああ！　申し訳ございません、王妃様！　いつものお手紙が……」

空気が読めず申し訳なさそうなドーラの手にあるものを見て、シュリーは呆《あき》れつつ溜《た》め息《いき》を吐いた。

「大丈夫よ。その手紙はいつものように燃やして頂戴《ちょうだい》」

「……それは？」

手紙を見もせず燃やすとは何事かと驚いたレイモンドが尋ねると、シュリーは面倒臭そうに手紙を見遣った。

「大したものではございませんわ。魔塔主のドラド・フィナンシェスからの手紙です」

「魔塔主から？　……彼がそなたに何の用なのだ？」

眉間《みけん》に皺《しわ》を寄せた夫を見て、シュリーの悪戯《いらずら》心に火がついてしまう。

「……恋文ですわ」

「…………は？」

「どうやら私に一目惚《ぼ》れをしたらしく、会いたいだのなんだの。くだらない内容を書いて寄越すのです」

シュリーが手紙を取り出すと、チラリと見えた文面には確かに『今すぐお会いしたい』『どうか機会を頂きたい』『貴女《あなた》のことが忘れられない』と書かれていた。

「…………」

絶句したまま固まる夫の反応を楽しんで、シュリーは追い討ちをかける。

「陛下も覚えていらっしゃいませんこと？　私達が踊ったあの宴《うたげ》の日、彼は熱心にこちらを見ていましたでしょう？　あれからしつこいくらいに手紙が届くのです。あまりにもしつこいので、最近では一度くらいお会いして差し上げようかと思い始めて……」

「嫌だ」

「…………へ？」

立ち上がったレイモンドが、シュリーの前に跪《ひざまず》いてその手を握る。

「何処《どこ》にも行かないでくれ、シュリー」

「私はそなたがいないと生きていけない」

「他の誰《だれ》の元にも行かないでくれ」

「……ーーー〜〜〜ッ」

上目遣《うわめづか》いの夫から一言一言懇願される度、シュリーの心臓が絞られるように苦しくなった。

少し揶揄《からか》おうと思っただけなのに。あまりにもあまりな墓穴を掘ったシュリーは、身悶《みもだ》えてどうにかなってしまいそうだった。

「……分かりましたから、もう堪忍《かんにん》して下さいまし……」

柄にもなく茹《ゆ》で蛸《だこ》のように真っ赤になってしまったシュリーが何とか声を絞り出すも、レイモンドがシュリーの手を放すことはなかった。

「本当に？　他の男に会ったりしないか？」

「……は、はい」

両手を摑《つか》まれて顔を隠すこともできず、至近距離で自分を見る夫の子犬のような瞳に胸を撃ち抜かれたシュリーは、消え入りそうな声で頷きながらハッと我に返り慌てて誤解を解く。

「そ、そもそも。あの手紙は違うのです。そういうのではありませんわっ」

「何が違うのだ？」

不思議そうな顔をしたレイモンドに、シュリーは先程の手紙を目で示した。魔塔主であるドラド・フィナンシェスが熱烈な言葉を手紙に書き綴《つづ》っていた理由。それがデカデカと書かれた文面を読んで、レイモンドは呆れたように妻を見た。

「『どうか私を弟子にして下さい』だと？　……シュリー、今度はいったい何をやらかしたのだ？」

稀代《きだい》の魔法使いと名高いフィナンシェスが。普段は魔塔に籠《こ》もって他者と関《かか》わろうとしない変わり者が。恋文と見紛《みまが》う程に熱烈な文章で師事を望むとは。妻の規格外加減に頭痛すらしてきたレイモンドが問い詰めると、シュリーは気まずげに目を逸《そ》らした。

「怒らないで……聞いて下さいます?」

珍しくモジモジとするシュリーを見て、レイモンドはフッと優しく微笑んだ。

「私がそなたを怒るはずがないであろう?」

繋《つな》いだままの手をきゅっと握られてしまうと、シュリーにもう逃げ場はない。

「実は私……西洋で言う魔法や魔術の類《たぐ》いにも多少の心得がございまして……」

最早シュリーが何でもできてしまうことに今更驚きもしないレイモンドは、言い淀《よど》む妻を目線で促した。

「……あの宴で、会場中に魅了の術を掛けていたのです」

「魅了の術?」

「陛下と私のダンスがより魅力的に見えるように、魔法を使ったのですわ」

レイモンドは、シュリーの言葉に少しだけ考え込んだ。

「……それは……凄《すご》くないか?」

そしてレイモンドから飛び出たのは、素直な賛辞だった。

思えばあの時、二人のダンスに追随して踊り出す者が一組もいなかった。誰もが二人に見惚《みほ》れ、魂が抜けたようだった。あの公爵でさえ入り込めずにいた程だ。レイモンドは魔法に詳しくないが、あの規模の会場で、それも踊りながらそのような術を展開するのはなかなか難しいのではないかと思った。

「ええ。普通でしたら、一人に術を掛ける程度がやっとでございましょうね。それも術が効き過ぎてしまうのではないかしら。あれはあまりやり過ぎると相手の人格を破壊してしまう術ですの。人格を壊さぬ程度に微調整した術を会場中に施すのは、普通なら到底できない芸当のようですわ」

「……それをそなたは、容易《たやす》くやってしまったのだな」

「だって私にとっては大した術でもありませんもの。それよりも陛下の妻として、初めてのお披露目を少し大袈裟《おおげさ》に演出して差し上げようとしか思っておりませんでしたから。ですが、あの場に居た魔塔主だけは、その術に気付いたようなのです」

あの時のフィナンシェスの熱心な視線の意味を知ったレイモンドは、改めてフィナンシェスの手紙を読み込んだ。

『あの時の王妃殿下の見事な魔法が忘れられず、寝ても覚めても貴女のことを考えてしまいます』

『今すぐにでもお会いしたいです。私を弟子にして下さい。どうか機会を頂きたいのです』

「それでこの熱量なのか。確かに、魔法にしか興味の無い男が何事かと思ったのだが……」

恋文ではないと分かったが、これはこれで危険な気がしないでもないレイモンドは、複雑な気持ちでシュリーを見た。

「そもそも彼が宴に姿を現したのは、私の魔力を感じてのことだったようですわ」

「そなたの魔力？　何か特別なのか？」

わざわざ引き籠《こ》もりの魔塔主が見物に来るとは、いったい妻の魔力はどうなっているのかと首を傾げたレイモンドに、シュリーは曖昧《あいまい》に微笑んだ。

「別に特別ではありませんことよ。普通の魔力ですわ。ただ……他人より少しだけ、強大かもしれませんけれど」

「……強大？」

「正確に表現するのは難しいのですが……あの魔塔主の十倍くらいでしょうかしらね」

その言葉に、流石のレイモンドも一瞬固まってしまった。

「十倍だと？　あのドラド・フィナンシェスは、アストラダム王国始まって以来の強力な魔力の持ち主なのだが……その十倍？」

「大凡《おおよそ》ですけれど。なので私の魔力を感じ取って魔塔から飛んできたそうですわ。その時に私の魔法を見て以来、しつこく弟子にしろと手紙を寄越すのです」

もう慣れたと思っていたレイモンドも、これには思考が停止した。やはりレイモンドの妻は普通ではない。

「……魔法を使ったのはその時だけなのか？」

「あと、私の着ていた衣装にも魅了の術を掛けましたわ。あのドレスが流行すれば、シルクの需要も増えて私の名声も上がり、ドレスが売れればマイエを通して儲《もう》かりますから」

「……それだけか？」

何かを察したようなレイモンドの視線に、シュリーはこの人にだけは敵《かな》わないと余罪についても正直に白状した。

「ガレッティ侯爵夫人のお茶会でも少々……それと、お茶会で配った磁器の皿にも……それから陛下にお贈りした書にも……」

道理で。とレイモンドは思った。いくらシュリーの弁が立つとは言え、シュリーを迎えてから何もかもが出来過ぎていた。寧《むし》ろ魔法を使っていたと言われて安心した程だ。しかし……。

「シュリー。一つだけ、聞かせてくれ」

「どうぞ、何なりとお聞き下さいませ」

覚悟を決めたシュリーは、真面目《まじめ》な顔で夫を見た。何を聞かれるのか想像がつくからこそ、どう答えればレイモンドに信じてもらえるのか。そればかりを必死で考えていたシュリー。

そんなシュリーへと、レイモンドも真面目に問い掛けた。

「では聞くが。そんなに魔法を多用したりして、そなたの体に異変はないのか?」

「………はい?」

シュリーは、夫の問い掛けを理解するのに数秒掛かった。

今の会話の流れで、気になるのがそこ。そこなのか。想定外の問いに固まるシュリーを他所《よそ》に、レイモンドは心配そうな目を妻に向けた。

「高度な魔法には危険が伴うこともあるというだろう? その規模の魔法を多用することに、何か問題はないのか?」

「え、ええっと……全く問題ございませんわ。私にとっては莫大《ばくだい》な魔力の一部をほんの少し消費するだけの、造作もない行為ですもの」

「そうか。ならば良い」

「………そ、それだけですの？」

「……？　他に何かあるか？」

キョトンと首を傾げる夫を見て、シュリーは思わず叫んでいた。

「もっとありますでしょう？　私は相手を魅了する術を使えるのです！　例えば……私が、陛下に術を掛けて惑わせただとか……陛下の心を無理矢理操《あやつ》っただとか……そういったことを、お疑いになりませんこと？」

自分で言い募《つの》りながら自分の言葉に傷付くシュリーへと、レイモンドは真っ直ぐにその黄金の瞳を向けた。

「そのような術を、私に掛けたのか？」

「いいえ。……陛下に対しては、何もしておりませんわ」

きっぱりと否定しても、到底信じてはもらえないだろうというシュリーの考えはしかし、あっさりと裏切られる。

「そうであろうな。そなたはそのようなことはしないだろう」

レイモンドのその言葉に、シュリーは喜ぶどころか、寧ろどうしようもなく悲しくなった。

「そんなことはありませんわ！　私は、手段を選ばず簡単に人の心を惑わし操るような女なのです。決して純真無垢《むく》な女では……」

「ああ。いや、そうではなくて。シュリー、そなたはそんなにつまらなく、無駄なことはしないだろうと言っているのだ」

「…………へ？」

レイモンドの言葉の意味を飲み込み損ねたシュリーは、珍しく言葉を失った。そんな妻を愛おしげに眺めながら、レイモンドは微笑んだ。

「そなたの術であれば私を意のままにするくらい容易いのであろうが、それではあまりに味気ないのではないか？　そなたであれば、術を使わずともそなた自身の魅力でいくらでも私を誘惑できるのだから。それを楽しむのこそが、そなたであろう？」

「…………その通りですわ」

「宴のダンスや衣装は、そなたの印象を決める大事な機会だった。あの場で魅了の術を使ったのは効果的であったと思う。お茶会でもそうだな。皿についてはこれ以上の使い道はないのではないか？　正に術の真骨頂だった。そして私に贈ってくれたあの書に術を使ったのは……」

言いながら、レイモンドは何かを思い出したように笑った。

「……ちょっとした悪戯心だったんだろう？　思い返せば玉座の間でアレを見た公爵が暫《しばら》く惚《ほう》けていて、なかなかに面白かった」

「……何もかも、お見通しですのね」

本当に可笑《おか》しそうに笑う夫を見て、シュリーは呆然《ぼうぜん》とそう呟いた。

「それはそうであろう。私達は夫婦なのだから。そなたが私のことを理解しようとしてくれるように、私もそなたを理解したいと思っている」

「陛下……」

「しかし、シュリー。そなたのことだ。私に隠れて使った魔法が、他にもあるのではないか？」

シュリーは、最早この夫には隠し事ができないと観念した。

「………魅了の術を使ったのは、お話しした通りですわ。ですけれど……陛下の言う通り、他の術も色々と使いました」

悪戯が見つかった子供のように、シュリーは指折りこれまでの諸々《もろもろ》を白状する。

「陛下にお聞かせした二胡《にこ》の音色に、眠りの術を施しましたわ。お疲れの陛下にゆっくり眠って頂きたかったのです。先程召し上がって頂いた餃子にも、疲労回復の術を混ぜました。あの薔薇にも保存術を掛けております。それと……貴族派を招いたお茶会で、万が一にも裏切り者が出てこちらの手を公爵に知られぬよう、参加者の皆さんにちょっとした術を……」

「どんな術だ？」

「……裏切ろうとしたり、こちらの情報を敵に口外しようとした場合には舌が捩《ね》じ切れるように……」

いらないことまで白状してしまったシュリーが慌てて言葉を切るも、レイモンドにはしっかりと聞かれていた。

「そうか。それは少しやり過ぎだ、シュリー。それでは魔法というより呪《のろ》いではないか。議会も無事に終わったことだし、今すぐ解いてやりなさい」

「……分かりましたわ。シャオレイがそう仰るなら……」

不満げながらも、シュリーはレイモンドに言われた通り、目を閉じてお茶会の参加者達に掛けていた術を解いた。

「……もう。こんな筈ではなかったですのに。私はどうやら、すっかり陛下の術中に嵌まってしまったようですわ。この私を意のままに操るだなんて。責任は取って頂けるのでしょうね？」

頬を膨らませたシュリーが詰め寄ると、レイモンドは楽しげに笑いながら妻の手を引いて自らの腕の中に導いた。

「勿論。一生を掛けて面倒を見るつもりだ。だから安心してくれ」

「……～～ッ」

すっかり慣れてしまった抱擁に身を委ねながら、シュリーはこれまでの人生を回顧した。

普通ではないシュリーは、いつでも孤独だった。

他人とは違うシュリーの才能は、時には化け物と恐れられ、時には神と崇められ、ある者にとっては便利な道具に、ある者にとっては妬ましい憎悪の対象になった。

そんな世の中に息苦しささえ感じていたシュリーにとって、打算なく接してくれるレイモンドという男は得難いオアシスのような存在になってしまった。

少しだけ羽を伸ばして、世界を見に行くつもりで国を捨てたシュリーは、思いがけずできてしまった居場所、半身である男の腕の中で初めて安らぐ喜びを知った。

「そうですわ。一生を掛けて責任を取って頂かないと、割に合いません。ずっとお側《そば》に置いて下さらないと嫌です」

駄々っ子のようなシュリーの物言いに小さく笑いながら、レイモンドはより一層腕に力を込めた。

「ああ、約束しよう」

◇

フロランタナ公爵は手が付けられない程に荒れていた。

自慢の口髭《くちひげ》を震わせ、鼻息荒く手当たり次第に物を投げては、国王レイモンドに対する暴言を吐いている。公爵の側近であるアルモンドは、恐る恐る公爵を宥《なだ》めた。

「閣下、どうかお鎮《しず》まり下さい」

「何が起きた！　私の議案が棄却されただと⁉　いったい、どうしてああなったのだ⁉」

「……裏切りです。どうやらマドリーヌ伯爵、マクロン男爵を含め、貴族派議員のうち十三名が国王側に寝返ったようです」

「なんだと⁉」

「正直に言って、これは非常にまずい事態です。資産家のマドリーヌ伯爵と、領地に鉱脈を持つマクロン男爵が抜けたとあらば……貴族派の軍資金に多大な影響が」

「何故このようなことが起こったのだ⁉」

「お、恐らくですが……今回寝返った十三名は、いずれの家門のご夫人も王妃のお茶会に招待を受けております。その時に何かあったとしか考えられません」

「王妃のお茶会だとっ⁉　そんなものは、失敗に終わったはずであろうが！」

「考えてもみて下さい！　圧倒的な勢力を誇っていた貴族派から、一度に十三人もの裏切りが出たのです！　何かが起こったのだとすれば、謎《なぞ》に包まれた王妃のお茶会以外にあり得ません」

アルモンドが冷静に言うも、興奮状態の公爵は暴《あば》れるばかりだった。

「生意気な！　レイモンドの分際で！」

「閣下、どうか落ち着いて下さい。急ぎ対策を考えなければなりません。此度《こたび》の議案、元々中立派は国王寄りでした。特にガレッティ侯爵と、中立派に属する庶民院議員八名の票は確実に国王に流れると予想しておりましたが、そこに中立派の残りの貴族と貴族派十三名を取られ、僅差《きんさ》で競《せ》り負けたのです」

公爵が投げ付けてくる物を避けながら、アルモンドは必死に説明した。

「マドリーヌ伯爵とマクロン男爵は貴族派の重要な資金源、更に残りの十一人とはそれぞれ懇意《こんい》にしている間柄です。そこを突き、彼等を一挙に掠《かす》め取っていった手腕、これは只事《ただごと》ではありません！」

「だったら何故こんなことが起こったのだ⁉」

怒鳴り声と共に投げ付けられた、特大の花瓶《かびん》を避けながら、アルモンドは声を張り上げた。

「もしこれが、計算された所業だとしたら！　国王側には、相当頭の切れる参謀がいることになります！　更にはこちらの実情を知り過ぎているため、我々の元に間諜《かんちょう》がいる可能性もあります。もしそれが事実なら、今この瞬間も国王側に全てが筒抜けになっているやもしれません！」

とうとう投げる物がなくなった公爵は、ワナワナと震えて頭を掻《か》き毟《むし》った。

「何故だ、何故！　先王が死んでから、全てが上手《うま》くいっていたのだ！　何もかも、思い通りだったのに、何故こうなった⁉　いったいどこで間違えたというのだ？」


「随分と酷い有様ですね」

惨憺《さんたん》たる室内に入って来たのは、話題のマドリーヌ伯爵。その姿を見て、公爵は激昂《げっこう》した。

「貴様……この裏切り者がっ！！」

グッと襟首《えりくび》を摑《つか》まれても、伯爵は涼しい顔でされるがままになる。

「……私は最初から、より強い者を支持していただけです。これまでは閣下がこの国を動かしていましたが、今はもう違います。これ以上閣下に傅《かしず》いたところで意味はないと判断したまで。ですので義理を果たすため、こうして最後の挨拶《あいさつ》に参ったのです」

「この場で斬り捨ててやる！」

恨みのこもった公爵の脅しにも、伯爵は顔色を変えなかった。

「今ここで私を斬り殺したところで、閣下にはそれを隠蔽《いんぺい》する力が残っているのですか？　今日の議会の結果を受けて、心変わりした貴族派達があと何人いることか」

「…………ッ」

「これまでは閣下が無謀なことをする度に、私とマクロン男爵が金で解決してきましたが。今後ご自身の不備はご自身で処理なさって下さい」

「本気かっ⁉　本当に私を裏切るのか？　そうだ、釧の商品で儲ける金が惜しくはないのかっ⁉　釧の商品は飛ぶように高値で売れている。今戻ってくるのであれば、分け前を今までの倍にしてやるぞ？」

繋ぎ止める手段がそれしか思い浮かばない公爵を、マドリーヌ伯爵は無表情で見下ろした。

「それについては間に合っておりますので結構です。では、私はこれで。精々悪足掻《わるあが》きをなさって下さい」

「なっ……！」

「……あなたは王の器ではない」

フロランタナ公爵と完全に決別したマドリーヌ伯爵は、そう呟くとその場を後にした。

覚悟を決め後戻りのできなくなった伯爵が思い返していたのは、国王レイモンドとの会話だった。

◇

セリカ王妃のお茶会に参加した妻から、奇跡のように輝く皿を見せられ現実とは思えないような事業の話を聞いた時、敏腕な投資家でもある伯爵は、この商売に必ず投資すべきだと直感した。王妃の事業が成功すれば、釧から輸入されている高額な商品は国内産に取って代わる。そうなれば、貴族派が独占している釧との交易による利益《りえき》は日に日に減っていくだろう。片や、王妃の事業に乗れば比べ物にならない程に莫大な利益が望めるのだ。

どちらを取るかなど、比べるまでもない。

しかし、王妃は伯爵が属する貴族派とは対立関係にある国王の味方。それも、この事業には公爵肝入《きもい》りの貧民街の議案が関係していると言うではないか。上手くことを運ばなければ、色々と面倒なことになる。少なくとも貴族派内での立場はなくなるだろう。完全に貴族派を捨て国王に付くべきか、少しでも貴族派との繋がりを残すべきか。思い悩む伯爵に、妻が是非《ぜひ》にと提案してきたのが、国王レイモンドとの密談だった。

普段政治に口を出すことのない妻たっての希望ということもあり、伯爵は渋りながらもその提案を受け入れることにした。

国王レイモンド二世についての評判は、これと言って何も無い。可もなく不可もなく。そもそも、元は王位を継ぐと思われていなかった第二王子。優秀な兄である王太子の影に隠れ、目立った行動もなく、かと言って悪評もなく、華やかな王室の中で異様なくらい地味に過ごしていたレイモンドは、貴族達の話題に上ることがほぼ皆無だった。

伯爵は、レイモンドと密談するに当たって、覚悟を決めていた。

先王の時代、国王派に属していた伯爵は、先王と王妃、王太子の崩御があったあの事件により、貴族派に寝返った。

全ては生き残るためだった。もしあの時、伯爵が忠義を貫き国王派に残っていれば、間違いなくフロランタナ公爵の粛清《しゅくせい》を受けていた。状況を判断し、迅速《じんそく》に立場を変えたからこそ、伯爵は死を免《まぬが》れたのだ。

だから当時の自分の選択を後悔はしていなかった。ただどうしようもなく拭い切れない罪悪感が残っているだけで。

国王レイモンドは、自分に何を言うのだろうか。王室を裏切ったことに対する罵倒、貴族派に取り入り国王を苦しめてきたことに対する恨み言、それでも王妃の事業に関わりたいという虫のよさに対する嫌味。

あらゆる状況を想定し、国王との密談に臨んだマドリーヌ伯爵は。

初めて国王レイモンド二世と言葉を交わしたその瞬間、ただただ拍子抜けしてしまった。


「アストラダムの太陽に栄光を」

緊張をなるべく表情には出さず、マドリーヌ伯爵は正式な挨拶を国王に捧《ささ》げた。

「うむ。掛けてくれ」

示された椅子《いす》に伯爵が腰掛けるとすぐさま、国王は切り出した。

「時間を頂き感謝する、マドリーヌ伯爵。早速だが……」

ゴクリと唾を飲み込んだ伯爵は、身を引き締めて国王の言葉を待った。しかし……。

「……私の妻は天才だと思わないか？」

国王の口から飛び出したのは、ビックリするくらいに子供じみた王妃への賛辞だった。

「は、……はあ？」

真面目な面持《おもも》ちで何を言い出すのかと思えば。声が裏返りずっこけそうになった伯爵だったが、何とか体面を取り繕《つくろ》う。これはこちらを動揺させる手かもしれない。

「オホン。確かに、お茶会に参加させて頂いた妻から王妃殿下の皿に纏《まつ》わる話を聞いた時は、到底信じられませんでした。本当に、アストラダムで磁器とシルクの生産が可能なのですか？」

「ああ。王妃の才は確かだ。生産は順調に進んでいる。今後規模を拡大し国内外へ売り出す予定だ」

ちゃんと話が通じることに安心した伯爵は、改めて王妃の事業に対する投資を申し出た。

「是非、我が家門も事業に参加させて頂きたい。私であれば、販売経路を確保できます。現に釧からの輸入品の流通ルートは全て把握しておりますので。恐らく王妃殿下はそれを見越して我が家門にお声掛け下さったのでしょう」

「その通りだ。伯爵の助力を得られれば有難《ありがた》い。しかし、一点だけ懸念がある」

真剣なレイモンドに、伯爵は少しだけ警戒しながらも問い掛けた。

「……何でございましょう？」

「夫人から聞いているだろうが、此度のフロランタナ公爵の議案。まずはアレを棄却させる必要がある」

やはりその話か、と伯爵は何でもないふうを装って息を吐いた。

「それはまた……難しいことを仰いますな」

ここは一度、逃げ道を用意しておくべきと考えた伯爵は、この話を曖昧に流そうとした。しかし、国王レイモンドはそんな伯爵の態度を見逃さなかった。

「そこまで無理難題ではない。そなたが動いてさえくれれば、充分に実現可能だ」

「………」

「王妃がお茶会に招待した貴族派の家門は十三。ここに私と中立派の票を足せば、議会の過半数に届く。私は一人一人に会い協力を乞うつもりだ。だが、正直に言って私一人では心許《こころもと》ない。貴族派で重要な位置にいる伯爵、そなたが力を貸してくれるのであれば、可能な限りの票を確保できるだろう」

マドリーヌ伯爵は、妻から聞いたお茶会の参加者を思い返して唸《うな》った。確かに国王の言う通り、懇意にしているマクロン男爵を始め、どの家門も伯爵の事業に関連している家門ばかり。伯爵が国王と共に声を掛ければ必ずや助力を得られるだろう。

丸ごと貴族派から寝返るのであれば、それぞれの恐怖は和《やわ》らぐ。そうなれば安心して国王側に付き、王妃の事業の恩恵をもらうことができるだろう。

これが偶然なはずはない。国王は想像以上に貴族派の実情を把握しているようだ。これは厳選された戦略だったのだ。

「……私は、先王陛下の崩御を受けて貴族派に寝返った身。陛下はこのような私を信用できるのですか？　あの時、国王派の多くの貴族が忠義を貫き粛清されました。陛下も思うところがおありのはずです」

伯爵がずっと胸の中に秘めていた拭い切れない思いを吐露《とろ》すると、レイモンドは静かに口を開いた。

「……先王への忠義を貫き、不利な状況でも国王派として立ち続けた彼等のことは、誇りに思う。しかし、私は忠義を貫くよりも、彼等に生きていて欲しかった」

「国王陛下……」

「保身を貫いた伯爵の決断には寧ろ感謝している。命より重いものなどない。伯爵がこうしてここにいてくれて良かったと、心から思っている」

レイモンドの瞳には、先王に対する哀愁も伯爵に対する気遣いも無かった。ただ本当に、淡々とそう思っているだけのようだった。

「私は一度王室を裏切った身です。そして今度は公爵を裏切ろうとしている。今後、絶対に陛下を裏切らないとは誓えません。それでも私を重用なさいますか？」

「勿論だ。そなたはそなたの利になることをしたらいい。己《おのれ》の利を優先するのは当然のこと。そのような些事《さじ》をいちいち咎《とが》めたりはしない。ただ一つ、私の大切な者達に危害を加えないでいてくれれば、あとは自分の利のために動いてくれて構わない」

「些事……ですか」

裏切りを些事と言うレイモンドの思わぬ大胆さに目を瞠った伯爵は、もしかしたら自分はとんだ思い違いをしていたのではないかと気付いた。

特にこれと言って評判もなく、何も分かっていなそうな地味な国王。されるがままの傀儡《かいらい》。そう思っていたレイモンドは、決して無知な王ではない。

実は全てを分かった上で、敢《あ》えて手も口も出さず、誰よりも達観していただけではないのだろうか。

「そなたが気になると言うのであれば、こう考えてみてはどうだ？　たとえこの先そなたが私を裏切ったとして、それはそなたにそうさせた私の責任だ。私がそなたに、忠義を尽くそうと思うだけの利を与えられなかっただけのこと」

「何故……何故それ程までに、寛容でいられるのです？」

「私には、たとえ地獄の業火《ごうか》で灼《や》かれようとも私の元に居てくれる、最強の味方が居るからな。それだけで充分なのだ」

妻の顔を思い浮かべたレイモンドは、わけが分からず戸惑うマドリーヌ伯爵に向けて意味深に微笑んだ。

これまで伯爵は、色んなものに遮《さえぎ》られて国王の顔を正面からこんなふうに見たことがなかった。

王族特有の、黄金の髪と瞳を持つ国王は、どこまでも真っ直ぐな瞳をしていた。打算に汚れ、損得だらけに気を取られるばかりの者達を見てきた伯爵にとって、柔らかく包み込むようなレイモンドの眼差《まなざ》しは、何かを賭《か》けてみるに値する輝きがあった。

「お約束しましょう。次の議会の採決で、必ずや公爵の議案を棄却させます。ですのでどうか、それが叶《かな》った暁《あかつき》には私を陛下の傘下《さんか》にお入れ頂きたい」

「ああ。期待している。頼んだぞ」

そうしてレイモンドと伯爵の暗躍により、公爵の議案は僅差で棄却されたのだった。

◇

「さてさて。そろそろあちらも追い込まれて来たのではないかしら」

レイモンドと温《ぬく》もりを分け合っていたベッドの中から抜け出したシュリーは、カーテンの隙間《すきま》から差し込む朝日の中で煙管《きせる》を燻《くゆ》らせた。

そうして薄衣《うすぎぬ》のまま文机《ふづくえ》に向かうと、羽ペンを器用に使い熟《こな》して何やら書き始めた。

その時ふと、シュリーの肩に暖かな上着が掛けられる。

「何を書いているのだ？」

シュリーを追って起き出したレイモンドが、まだ眠そうな目で妻を見下ろしていた。

「フロランタナ公爵夫人へのお見舞いのお手紙ですわ。どうやら体調を崩してらっしゃるとか。社交シーズンの真っ只中に公爵夫人が領地に戻るだなんて、相当お加減が悪いんでしょうね」

煙管の煙をフゥーっと吐き出して、シュリーはクスクスと笑っていた。

「……シュリー、ほどほどにしておきなさい」

寝ぼけ半分のレイモンドは、背後から覆《おお》い被《かぶ》さるようにシュリーに抱き着いてキスをする。そんな夫の頭を撫でながら、シュリーは煙管の灰を軽《かろ》やかに落とした。

「あら。心外ですわ、シャオレイ。私、そんなに過激なことをするつもりはございませんことよ」

第十二章　異国情緒

その情報は、瞬く間に西洋中を駆け巡った。

後にセノワズリ《釧国趣味》と称され、釧《セン》の陶磁器やシルクを始めとする様々な釧製品が人気を誇った空前の釧ブームの中にあった西洋諸国にて。

これまで特にこれと言って目立ったことのなかったアストラダム王国が、他の多くの国に先駆けて、自国内で磁器とシルクの製造に成功したらしい。

半信半疑の各国の商人達は、取り寄せたアストラダム産の磁器やシルクを見て、その品質の高さに目を瞠《みは》った。それらの品は質が高いだけでなく、釧の異国情緒を残しつつ、西洋人の好みも取り入れた完璧《かんぺき》なものだった。

アストラダム王国は、これを機に一躍西洋中にその名を轟《とどろ》かせることになる。

「王妃様！　国内外から発注が止まりません！　窯《かま》を休める暇もありません！」

「こちらも、セリカ王妃モデルドレスの問い合わせが殺到しております！　シルクがいくらあっても足りませんわ！」

王妃の姿を見つけて駆けつけて来たベンガーとマイエに悲鳴じみた報告を受けて、シュリーはいつもの笑みを浮かべた。

「それは良いことね。二人とも、死ぬ気で働きなさい」

慈悲深い笑顔で無慈悲なことを言われた二人は、何も言い返せずにトボトボとそれぞれの持ち場に戻って行った。

「……そなたは人使いが荒いな」

可哀想《かわいそう》な二人を見送ったレイモンドが妻に言うと、シュリーはニコリと笑う。

「どうしてもと弟子に志願してきたのは彼等ですもの。とことん使ってあげませんと」

レイモンドとシュリーは、貧民街に建設した大規模工場と住人のための新たな街、セレスタウンに来ていた。

このセレスタウンという名前は、住民達がいつの間にか付けていた名前だった。セレスというのは『セリカの民』を指す古代の言葉。貧しさのどん底にいた自分達を救い上げて新たな生活を与えてくれたセリカ王妃を讃《たた》えるために、住民達は率先してこの街をセレスタウンと呼んだ。

今日はこの新たな街を貴族向けに披露する式典が行われる。連れ立って歩く二人の姿を見つけた貴族達はこぞって挨拶《あいさつ》にやって来た。

「陛下、王妃殿下」

「これはこれは、ガレッティ侯爵。侯爵夫人。楽しんで頂けまして？」

夫妻で挨拶に来たガレッティ侯爵と夫人へ向けてシュリーが微笑《ほほえ》むと、侯爵夫人は肩をすくめた。

「王妃様、それが主人ったら釧の料理をいたく気に入ったようでして。先程から食べ過ぎて胃を痛めておりますのよ」

「お、おい……」

シュリーは、この街を作った際に釧料理を提供するレストランを開店させていた。そこで食事を楽しんで来たらしい侯爵夫妻。バツが悪そうに胃を押さえる侯爵を見て、シュリーは手を叩《たた》いた。

「それは大変ですわ。釧の料理は脂っこいものが多いのですから、食べ過ぎは禁物ですことよ。それだけ気に入って頂けたのなら嬉《うれ》しいのですけれど。……そうだわ、後ほど胃薬を調合して侯爵邸にお届けしますわ」

「えっ⁉　王妃様は薬の調合までなさいますの？」

「ええ。釧の薬学でしたら多少の心得がございますの。よく効く薬を作りますから、是非試して頂戴《ちょうだい》」

セリカ王妃の規格外ぶりに慣れてきたと思っていた侯爵夫妻も、言葉を失ってしまう。薬を作る王妃とは。しかし、絶対に良く効くであろうことが想像できるので、二人は有《あ》り難《がた》く頷《うなず》いたのだった。

「陛下、王妃様！　こちらにおられたのですね」

「あら。マドリーヌ伯爵にマクロン男爵。お越し頂いてありがとう」

そこにやって来た二人を見て、シュリーはあることを思い出した。

「そうだわ。ちょうどマクロン男爵にお伝えしたいことがございましたの」

「私に？　何でございましょうか？」

急に名指しされたマクロン男爵が目を見開くと、シュリーはニコニコと微笑みながら話し始めた。

「男爵の領地で大量に産出されるジェダイトですけれど、安値で釧に輸出されてますわよね」

「ああ、あの緑の半透明な石ころですか。エメラルドになり損なった石、なんて言われてますね。確かに安価ではありますが輸出しております。大量に採れても使い道がないところを釧の商人が買い取ってくれると言うので金になるならと」

それがどうしたのかと不思議そうなマクロン男爵に向けて、シュリーはとんでもないことを言い出した。

「あの石は、釧では翡翠《ひすい》と言われ、ダイヤモンドよりも重宝されている石です。釧国内では最も人気のある玉《ぎょく》ですわ。更にマクロン領で採れるものは釧のものと比べて色が淡く釧人好み。その分高値で取引されておりますのよ」

「ちょっと待って下さい！　あの石が、高値で……⁉」

「今後、価格の見直しを考えられては如何《いかが》？　そうね、輸出を止めると言えば、焦《あせ》った商人達が血相を変えて来るでしょうね。向こうが取引の継続を頼み込んで来たら価格を吊り上げればよろしいわ。今の価格の百倍を吹っ掛けても頷くはずよ」

「ひゃ、百倍……⁉」

「男爵、大丈夫か？」

膝《ひざ》を突いたマクロン男爵にレイモンドが声を掛けるも、男爵の意識は遥か遠くに飛んでいた。

「百倍……あの大量に余ってる石が……今まで私はどれほど損をして来たんだ……？　あの釧の商人達め……」

「あまり彼等を責めないであげて頂戴。彼等に入れ知恵したのは私《わたくし》ですの。翡翠を安価に仕入れたいと言うものですから」

「は……？」

王妃の暴露《ばくろ》に何も言えなくなってしまう男爵。

「まったく、シュリー。そなた、商人まで弟子にしていたわけではないだろうな？」

呆《あき》れたレイモンドが問えば、シュリーは胸を張った。

「あら。勿論《もちろん》商人の弟子もおりましてよ。向こうから是非《ぜひ》にと頭を下げてくるんですもの。応《こた》えてやらねば可哀想《かわいそう》ではありませんか」

「そんなことを言って。先日はとうとうドラド・フィナンシェスまで弟子にとったじゃないか」

「あれは陛下もお許しになりましたでしょう」

「それは……フィナンシェスが毎日毎日執務室に現れては王妃を説得してくれとしつこく頼み込んで来たので仕方なく……」

「私が、陛下の許可があれば弟子にしてやるとフィナンシェスに言ったのです。その対価として魔塔は王室に忠誠を誓いましたし、このセレスタウン建設にも尽力してくれましたわ。弟子をとるのも悪いことではありませんのよ」

「そうかもしれないが……やはり、あの男の、そなたに向ける熱烈な視線が気に入らないのだ」

「まあ！　そんなことをお考えでしたの？　私の可愛《かわい》いシャオレイ。フィナンシェスが見ているのは私ではなく私の魔力です。陛下が心配するようなことは何もありませんのよ」

「…………それでも。そなたが人気過ぎて私との時間が減ってしまわないか心配だ」

「陛下……私の最優先は陛下ですわ。陛下より大切なものなどこの世に存在しません」

「シュリー……」

国王夫妻の熱々ぶりを、周囲はいつものことだとスルーしていた。

ショックを受けていたマクロン男爵でさえ、呆れ顔で体を起こし、マドリーヌ伯爵と別の話をしている。堅物《かたぶつ》のガレッティ侯爵でさえも見て見ぬふり。二人の熱烈加減は、社交界では今更話題にもならないお決まりの一つだった。

◇

少し前まで物乞いが徘徊《はいかい》し薄汚れていた路地は、整備されて人々の笑顔に溢《あふ》れている。それらを見遣りながら、レイモンドは感慨深げに呟《つぶや》いた。

「なかなか賑《にぎ》わっているな。ここがあの貧民街だったとは、誰《だれ》も想像できないだろう。そなたのお陰だ、シュリー」

「そうですわね。ですけれど、陛下。私は貧民を救うためだけにここを選んだわけではありませんのよ」

レイモンドのエスコートを受けて歩いていたシュリーは、吹き抜ける風に長い袖《そで》を翻《ひるがえ》して微笑んだ。

「彼等の技術が必要だったことも、彼等を救うことが陛下のお望みだったことも、公爵の発案した馬鹿《ばか》げた議案を潰《つぶ》すためだったことも、勿論《もちろん》ございますけれど。この貧民街を選んだ一番の理由は、ここが陛下の直轄《ちょっかつ》地であるからですわ」

元々王都の一部だった貧民街は、公爵の指図で国王であるレイモンドの直轄地になっていた。生産性がなく、管理ばかりが大変な貧民街を、国費で維持するのは如何《いかが》なものかと言い張った公爵は、その全《すべ》てをレイモンドに押しつけたのだ。その代わり救済処置として月に数度の施しを国で実施することになっていたのだが、それすらも無くそうとした公爵はこの街の嫌われ者になっていた。

「つまり、この街で生まれる利益《りえき》の全てについて、その税収は丸ごと陛下のもの。この街の収益が増えれば増えるほど、陛下の収入が増大するのです」

ニコニコの妻を見ながら、レイモンドは苦笑する他なかった。

「そなたは本当に……」

「あら。大切なことですわ。良き君主とは、是即《これすなわ》ち富める者です。富なくして平和な統治など実現致しませんことよ。重要なのは、その富をどう使うか。陛下でしたらきっと上手《うま》く使って下さいますでしょう？」

キラキラと輝くシュリーの瞳《ひとみ》には、全幅の信頼とこの状況を楽しんでいるような煌《きら》めきがあった。それを受けたレイモンドもまた、柔らかく微笑む。

「どうやらそなたのお陰で、私は無能な王ではいられなくなってしまったらしい。精進する必要があるな」

「陛下はそのままでも充分立派な君主ですわ。存在するだけで富を生む私をこんなにも惹《ひ》き付けて止《や》まないのですもの」

胸を張る妻を見て、レイモンドはとても敵《かな》う気がしないと苦笑する。いつだって気高く誇り高く美しく微笑むシュリーは、確かにそこに在るだけでレイモンドを高めてくれる不思議で得難《えがた》い存在だった。

「国王陛下」

「王妃様！」

あちこちから声を掛けられる度に二人で手を振り歩きながら、レイモンドは改めてシュリーのその細く白い手を一生放さないと心に誓うのだった。

◇

「何故《なぜ》、誰も来ないのだ」

フロランタナ公爵は、がらんとしたテーブルを見下ろしながら呟いた。

つい数ヶ月前まで、貴族派の会合をすると言えばそこそこ広いこのテーブルはギュウギュウに埋まったものだった。それが今は、硬い椅子《いす》だけが並ぶばかり。

「……今日はセレスタウンの式典がありますので。皆、そちらに行っているようです」

アルモンドがそう答えると、公爵はいつものように暴《あば》れるわけでもなく静かに頭を抱えた。

この場にいるのは、公爵とアルモンドのみ。あの議会での貴族派の裏切り以来、公爵の取り巻きは少しずつ国王の側に寝返っていった。貧民街の改修事業が公になった時、自国産の磁器やシルクが出回った時。孤高の魔塔主ドラド・フィナンシェスが国王に忠誠を誓った時。一人、二人……と。公爵の側にいた者達は、次から次へと国王レイモンドの方へ行ってしまった。

取り巻き達だけでなく、領地に戻ったはずの妻と息子でさえ、ある日忽然《こつぜん》と姿を消したというのだ。

所詮《しょせん》は金と権力で掻《か》き集《あつ》めた者達とは言え、誰も彼もが呆気《あっけ》なく裏切っていく。そしてとうとう、誰もいなくなった。手の中にあったはずの権力、自信、名声も同様に。

「何故だ……何故なのだ……何故」

少し前までの威厳など失ってしまったフロランタナ公爵は、憔悴《しょうすい》した面持《おもも》ちで改めてこれまでのことを思い返した。いったい何を間違ったのか。何が駄目で、自分はこんなにも惨《みじ》めな目に遭っているのか。

一つずつ思い返しては、屈辱に奥歯を噛《か》み締《し》めながらも頭の中で時を遡《さかのぼ》る。

国王夫妻による貧民街の改修事業、その前の議会でのレイモンドの勝利、王妃のお茶会、侯爵夫人のお茶会、国王夫妻の婚姻を祝う宴《うたげ》、国王と王妃の婚姻式……。

「………そうか。あの王妃だ」

そうして漸《ようや》く気付いた。全ては、異邦人のあの王妃が来てから狂い出した。まるで、たった一つの小さな歯車のせいで全体が狂い出し崩壊するかのように、王妃の存在が、公爵の順風満帆な人生を狂わせたのだ。

「アルモンド！」

「はい、閣下」

「あの王妃を殺せ！　先王を殺した時のように、確実に抹殺するのだ！」

「ですが……」

躊躇《ためら》うアルモンドを落ち窪《くぼ》んだ目で睨《にら》みながら、公爵はその胸ぐらを摑《つか》んだ。

「あの王妃さえ死ねば全てが元通りになるのだ……！　私の栄華を取り戻すためには、あの王妃を始末せねばならん！」

「……分かりました。閣下の仰《おお》せのままに」

「……本当に行くのか？」

眉《まゆ》を下げる心配そうな夫を見て、シュリーはクスクスと笑った。

「あらあら。どうしたのです？　シャオレイはそんなに私《わたくし》と離れたくないのかしら」

「そうだと言ったら、行かないでくれるか？」

思いの外《ほか》強い力で手を握られて、シュリーは目を瞠《みは》った。

「……本当にどうしましたの？　何かありまして？」

旅装姿のシュリーは、マクロン領で発見された磁器の材料、カオリンの鉱脈を視察する為に旅立つところだった。

最後まで一緒に行くと言い張っていたレイモンドは、結局議会や政務の関係で同行が叶《かな》わず、王宮に残る予定だったが、出立のこの時になってもシュリーの手を離したがらなかった。

その様子に、シュリーは準備の整った馬車を見遣ってから夫の手を引いた。

「陛下？」

「嫌な予感がするのだ……」

「まぁ……心配性ですこと。私を心配するだなんて、世界広しと言えど陛下ただお一人です。私はそれほど軟弱ではございませんわ」

「分かっている。分かってはいるのだが……」

レイモンドは、胸に広がるモヤモヤとした不安に顔を顰《しか》めた。万が一、シュリーの身に何かあったとしても、彼女ならその全《すべ》てを蹴《け》散らして無傷で生還するくらいには強い。それを分かっていても、レイモンドの不安と心配は尽きなかった。

「陛下も仰《おっしゃ》いましたでしょう？　私は仮令《たとえ》地獄に堕《お》ちようとも、這《は》い上がって陛下の元に戻って参りますわ。だからどうぞ、心配なさらないで」

「………」

それでも、どうしても行って欲しくない。しかし、己《おのれ》やシュリーの立場を考えてグッと言葉を飲み込んだレイモンドは、無理矢理妻から手を離した。

「無理はしないように。できるだけ早く帰って来なさい。そなたがいないと、私は満足に食べることも眠ることもできそうにない」

「シャオレイ……」

可愛《かわい》らしいことを言い出した夫に無事に心臓を撃ち抜かれながら、シュリーは大きく頷《うなず》いた。

「勿論《もちろん》ですわ。なるべく早く戻りましてよ。私の代わりにランシンを置いて行きますので存分に使って下さい。ですからどうか、私の帰りを良い子で待っていて下さいませね」

爪先立ちになったシュリーはレイモンドにキスをすると、惚《ほう》けた夫に笑みを漏《も》らしながら馬車へと乗り込んだ。

遠ざかる馬車を見て、レイモンドの胸は再び言い知れぬ不安に襲われた。どうにも、嫌な汗と動悸《どうき》が止まらない。

レイモンドはトラウマになっていた。

あの日もレイモンドは、こんなふうに家族を見送った。そうして何事もなく過ごしていたら、突然の両親と兄の訃報《ふほう》が届いたのだ。

悲しみと言うよりも、何が起きたのか分からず茫然《ぼうぜん》と立ち尽くしている間に、レイモンドの周囲は何もかもが変わってしまった。

当時を思い出し、レイモンドは眩暈《めまい》がする。

レイモンドにとって、何よりも大切な存在であるシュリーの乗った馬車を見送るのは、耐《た》え難《がた》い苦痛だった。

やはり今からでも……と思ったところで、政務の時間が迫っていると自分を呼ぶ声に、レイモンドは拳《こぶし》を握り締めてその場を後にした。

シュリーはきっと、笑顔で戻って来る。押し潰《つぶ》されそうな不安を吐き出して、レイモンドは国王の顔になり政務へと向かった。

◇

「陛下、王妃様の磁器やシルクについての評判はとても良好です。本場である釧《セン》の品質を凌駕《りょうが》していると、周辺諸国からも輸入を望む声が後を絶ちません。我が国の新たな特産品として、事業を拡大すべきです」

「うむ。王妃はシルクの製造に関しては、いずれ技術を公表する用意がある。そうなればセレスタウンだけでなく、国中で生産が拡大するだろう。しかし、磁器に関しては王妃が技術を伝授したマイスン工房に任せると言っている。……他国に技術を横取りされない為にも、磁器の生産は王国の庇護《ひご》の下《もと》でマイスンだけに一任するつもりだ」

レイモンドの意見を聞いたマドリーヌ伯爵は、満足げに頷いた。

「流石《さすが》陛下です。賢明なご判断かと。それにしても、王妃様の手腕には脱帽致します。王妃様の開業された釧料理のレストランも大変人気で予約が取れぬと話題です。他にも社交界では貴婦人達を纏《まと》め上げたり、市井《しせい》に降りれば分け隔《へだ》てなく庶民に接する。その姿は正しく理想の王妃。異邦人であることなど、最早誰《だれ》も気にも留めておりません。それどころか、王妃様はアストラダムを救う為に舞い降りた女神とまで言われております」

それを聞いて、レイモンドは思わず笑ってしまった。

「ふ。女神か。王妃にピッタリだな」

「本日も視察に出られたとか。先日王妃が調合された胃腸薬は効き目があり過ぎると商品化が決まりましたし、更には魔塔主と共同で新たな魔道具を開発中との噂《うわさ》まで。美貌だけでなく、膨大《ぼうだい》な知識と能力を有し精力的に国家に献身して下さるお姿には、我々も畏敬の念を抱いております」

妻を絶賛されて悪い気のしないレイモンドはしかし、今朝《けさ》見送った馬車を思い出して再び漠然とした不安に駆られた。

「………伯爵、フロランタナ公爵の最近の動向は？」

「公爵ですか？　すっかり大人しくしておりますか。議会で議案を棄却されてからというもの、貴族派は減りに減り続けて今では公爵の側にいるのはアルモンド卿《きょう》一人。できることなど限られましょう」

「………アルモンド卿、アルモンド小侯爵か。彼は確か、公爵夫人の弟君でもあったな」

「ええ。そしてこの国で最も優れた騎士です。剣で彼の右に出る者はいない。姉想《おも》いな彼が公爵を裏切ることはないでしょうな。そういえば先日、アルモンド卿が王都の薬屋に出入りしているのを見掛けたことがあります」

「何……？」

「陛下？　如何《いかが》なさいましたか？」

「………いや」

考えれば考えるほど、レイモンドは嫌な予感がした。

「伯爵。……午後の公務を任せても良いだろうか」

「は………？」

「ガレッティ侯爵にも伝えてくれ。明日には戻る」

「へ、陛下!?　どうされたのです!?　何方《どちら》へ!?」

ただの胸騒《むなさわ》ぎならそれでいい。しかし、レイモンドにとって、再び家族を失う恐怖は耐えられるものではなかった。もしこれで何もしないままシュリーの身に何かあったら、レイモンドはきっと自分を呪ってしまう。

「ランシン……」

執務室を出て控えていたランシンに声を掛けたレイモンドは思わず目を見開いた。

寡黙《かもく》な妻の従者は、レイモンドの意図を汲《く》み取り旅装の用意をしていたのだ。

「……そなたも来てくれるか？」

「是《はい》」

レイモンドは護衛数人とランシンを引き連れて馬を駆った。今朝方に馬車で出発したシュリーに追い付くため、休むことなく街道を駆け抜ける。

夕方近く、マクロン領の手前にある峠《とうげ》を過ぎた山道で漸《ようや》く妻の馬車を捉《とら》えたレイモンドがホッと息を吐いたのも束の間。

殺気を感じたレイモンドが身を固くしたのと同時に、シュリーの乗る馬車を引く馬が暴《あば》れ出《だ》した。どうやら矢を射られたらしい馬は暴れ、隣の馬とぶつかり合って大きく揺れた車体の車輪が外れる。

「シュリー！！！」

必死な叫びも間に合わず、レイモンドの目の前でシュリーの乗った馬車は道を外れ崖下に落ちていった。

◇

馬から飛び降りたレイモンドが駆け寄ると、絶壁の下では叩《たた》き付《つ》けられた馬車が大破していた。

はぁはぁと、己の荒い息遣いだけが聞こえる中で、レイモンドは現実を理解したくはなかった。

両手両膝《ひざ》を突きガクガクと震えながら、ただただ愕然《がくぜん》とするレイモンドに向けて、何処《どこ》からともなく矢が飛んでくる。

その気配を確かに感じながらも、レイモンドは動かなかった。遅れて来た護衛達の叫び声が聞こえたが、もう何もかもがどうでもよかった。

寧《むし》ろこんな結末ならばここで終わりたい……とさえ思い目を閉じたのだが、しかし。

そんなレイモンドの耳に、闇《やみ》を裂くような玲瓏《れいろう》たる声が響く。

「言いましたでしょう？　私は、仮令《たとえ》地獄に堕ちようとも貴方様のお側に舞い戻りますわ」

「……シュリー！」

レイモンドに向かって飛んで来た矢は、レイモンドに届く前に燃え上がり灰になった。

次に来る矢も、その次の矢も。レイモンドに届かず、まるで見えない壁に当たったかのように燃え落ちる。

それどころではないレイモンドは妻の声が聞こえた方を見て、思わずポカンと口を開けた。

「……そなた……と、飛べたのか？」

それはあまりにも間抜けな声だった。レイモンドの元に駆け付けた護衛達も、涼しい顔で宙に浮く王妃を見て目と口をこれでもかと開いた。

「これは仙師の御剣《ぎょけん》の術ですわ。剣に霊力を込めて操《あやつ》り、その上に乗っているのです。私、仙術や武術にも多少の心得がございまして。軽功《けいこう》を使えば剣無しでも飛べるのですけれど、御者がおりましたので一緒に乗せてやりませんとでしょう?」

恐怖に凍り付く御者を地面に降ろしてやりながら、シュリーは崖の下を覗《のぞ》き込んだ。

「……流石に馬は救えなかったわ。可哀想《かわいそう》に。酷《ひど》いことをするものね」

悲しげに呟《つぶや》いたシュリーが剣から降りると、レイモンドは一目散に妻の元に駆け寄り抱き締めた。

「無事か? 怪我《けが》は?」

「ございませんわ。それにしてもシャオレイ。どうしてここに? まさか、私を追いかけて来て下さいましたの?」

「それは……っ」

馬車ごと転落しても尚《なお》、あっけらかんと笑うシュリーは、泣きそうに震える夫に気付いて苦笑を漏らした。

「困った人ね」

愛おしそうにレイモンドの金髪を撫《な》でながら、シュリーが矢の飛んで来た方向に目を向けると、まだこちらを狙《ねら》う殺気があった。

「それにしても。私に手を出すだけならまだしも。私のシャオレイに矢を向けようだなんて。死にたくて死にたくて堪らない者共がいるようね」

レイモンドの腕から抜け出たシュリーは、隣に佇《たたず》む侍女へと手を差し出す。

「リンリン」

リンリンが渡した弓を構えたシュリーは、流れるような動作で舞うように一気に三本の矢をつがえて放った。

次の瞬間にはあちこちからちょうど三つの断末魔の悲鳴が聞こえ、レイモンドは呆気《あっけ》に取られる。

「今ので倒したのか？」

「いいえ。どうやら腕が鈍ってしまったようですわ。一人仕留め損ねてしまいました。頭を狙ったのですけれど、肩に逸《そ》れてしまいましたわ」

苦笑するシュリー。頬が引き攣《つ》るレイモンド。

「……それはつまり、二人は頭に命中したと？」

「はい。即死でしょうね」

クスクス笑うシュリーは、キラリと黒曜石の瞳《ひとみ》を煌めかせた。

「さて。傷を負った体でどこまで逃げられるかしらね。存分に甚振《いたぶ》って差し上げませんと腹の虫が収まらないわ」

「……あー、シュリー。話が聞きたいので生きたまま捕まえて来なさい」

妻の物騒な気配を感じ取ったレイモンドが言うと、シュリーは花が綻《ほころ》ぶように美しく微笑んだ。

「陛下がそう仰るなら仕方ないですわね。分かりましたわ。喋れる状態でお持ちしますわ。ランシ

ン、行くわよ。リンリン、陛下をお守りしてね」
そう言ってランシンと共に一瞬で森の奥に消えたシュリーは、一分もしないうちに戻って来た。

優雅に歩くシュリーの後ろでは、痛ましい姿のアルモンドを抱えたランシンがいつもの無表情で付き従っていた。

「陛下、言い付け通り、捕まえて参りましたわ。いつぞやの決闘のように、随分と手加減をしてあげましたの」

肩に矢が刺さり、脚が折られているようだが、ちゃんと生きた状態で地面に下ろされたアルモンドを見て、レイモンドは問い掛けた。

「公爵の差し金か?」

「…………っ!」

答える気はないとでも言うかのようにそっぽを向いたアルモンド。すかさずシュリーはその唯一無事な腕を踏み付けた。

「ぐぁッ……!!」

「陛下が聞いておられますでしょう? きちんとお答えなさったらどうかしら? ねぇ、聞こえてますこと?」

「シュリー、痛々しいのでグリグリするのはやめてあげなさい」

レイモンドが額を押さえながら言えば、シュリーは素直に足を退《ど》けた。アルモンドは痛みに顔を歪《ゆが》めながらも、絶対に答えないという姿勢を貫いていた。

「思ったより強情ね。そうだわ、卿にとても良いことを教えて差し上げますわ。私に目を付けられて、五体満足で息をしていられるだなんて、公爵は、とても幸運ですのよ」

クスクスと笑うシュリー。

レイモンドにとっては見惚《みほ》れる程に可愛らしい笑顔だが、アルモンドやここまでのあれこれを見ていた国王の護衛達にとっては、鳥肌が立つ程に凶悪な笑みに見えた。

「釧ではね、五馬分屍《ごばぶんし》と言って、四肢と頭を馬に引かせて八つ裂きにする処刑方法がありますのよ。皆さんも見てみたいと思いませんこと?」

想像して震え上がる面々の中で、恐怖に顔を引き攣らせながらもアルモンドは何も吐かなかった。

「あら。脅しも効かないのね。では、これではどう? 貴方のお姉様、公爵夫人もご子息も無事ですわ。他でもない、私が保護して差し上げましたもの」

そのシュリーの言葉に、これまで黙秘していたアルモンドは血相を変えて頭を上げた。

「あ、姉上を? 姉上はどこだ⁉ ずっと連絡が取れず、私がどれほど案じたことか……」

「セレスタウンの端にある孤児院で、子供達の面倒を見てくれておりますわ」

「セレス……タウン……? 子供……?」

領地に戻ったと思っていた姉と甥が、忽然《こつぜん》と姿を消してからというもの。持てるだけの力を総動員し捜索をしていたアルモンドは、王妃のあまりにあまりな言葉に完全に毒気を抜かれた。

「言っておきますけれど。これは公爵夫人たっての希望ですわよ。強欲な夫とその権力争いから逃れたいと仰るので、私の庇護《ひご》下に置いたのですわ。ついでに病弱なご子息の治療もしてあげましてよ」

「……姉上が、自ら逃げ出したと……？」

「左様ですわ。公爵夫人は、平穏を望んでらしたのよ。それなのに公爵ときたら。……それに貴方も貴方ですわ。夫人は、自分の為に夫の言いなりになる弟を見て、逃げたくても逃げ出せなかったのでしてよ。夫人の平穏を奪っていたのは、他でもない貴方だわ」

「そ、そんな……私の行動が、姉上を苦しめていたと……？」

絶望するアルモンドに、シュリーは追い打ちを掛けた。

「夫人の苦痛を終わらせる為にも、全てを正直に白状しては如何ですこと？」

こうしてアルモンドは、身も心もズタボロにされて全てを吐露した。

「……国王陛下の仰る通り、全てはフロランタナ公爵の指示でした。公爵に命じられ、王妃様を暗殺するようにと。そして……先王陛下と王妃殿下、王太子殿下を手に掛けたのも。公爵に命じられて私がやったことです」

「…………やはり、そうか。そうだったか」

その告白を聞いて、レイモンドは目を閉じると静かに頷いた。心配そうなシュリーがその手を握ると、強い力で握り返したレイモンドは、目を開けると憑き物《つきもの》が落ちたかのようにスッキリとした顔をしていた。

「……王妃様、思った通りあなたはとてもお強かった。私はもう、逃げも隠れもしません。ですのでどうか、一つだけ教えて下さい」

レイモンドの護衛達に縛り上げられたアルモンドは、最後にシュリーを見上げた。

「王妃様は、異邦人でありながらあまりにもこの国の事情に精通していらっしゃる。それも我々貴族派の情報は筒抜けでした。いったいどのように情報を得られたのですか？」

アルモンドの問いに、シュリーは大きな瞳をパチパチと瞬かせたかと思うと、ニッコリと微笑んだ。

「貴方が私に便利なものを贈って下さったのよ。それも十三人も。覚えてなくて？」

十三人、という数字でアルモンドが思い出したのは、公爵の命令で王妃の元に送り込み、その後連絡が途絶えた間諜《かんちょう》達だった。

「ま、まさか……」

「最初は使い物にならなかったものですから、処分しようかと思いましたけれど。遺体《ゴミ》を処理する場所が無かったものですから。廃棄ではなく、再利用《リサイクル》することに致しましたの。幸い従順な子達でしたから、少し調教すれば立派な私の手足になってくれましたわ」

ニコニコと。涼やかに愛らしく。笑う王妃は、普通ではない。

自分のところに潜り込んで来た間諜を洗脳して自分の味方に付けていただなんて。彼等は元は貴族派にいた者達。道理でこちら側の情報が筒抜けなわけだ。

何一つ敵《かな》うわけはなかったのだと悟ったアルモンドは、大人しく護衛達に担《かつ》がれ連行されていった。

「シュリー。私は心を決めた。私の甘さが今回のようにそなたの危険を招くのなら、これ以上の情けは無用だ。目の前でそなたを失いかけて改めて痛感した。私にとって一番大切なのは、そなたなのだ」

レイモンドは、暮れ行く夕陽《ゆうひ》を背に手を繋《つな》いだ妻へと、静かに決意を口にした。

「フロランタナ公爵に罪を償わせる。此度《こたび》のことだけでなく、私の両親と兄の件も含めてだ。先王暗殺の証拠は既に揃《そろ》えているのであろう？」

「流石は陛下ですわ。私が密かに調査していたのをご存じでしたのね」

夕暮れに照らされたシュリーは、その秀麗な顔で慈愛に満ち溢《あふ》れた笑顔を向ける。

「物的証拠、状況証拠、証人、全て完璧《かんぺき》に用意しておりますわ。実行犯であったアルモンド卿も捕らえましたので、言い逃れることは不可能でしょう」

終章　同始異終

幼い頃は幸せだった。

厳しくも優しい両親と、優秀な王太子である兄。

何不自由なく、欲しいものは与えられ、学びたいことは何でも学べた。確かな家族の愛の中、好きなことを好きなだけできた。

しかし、そんな暮らしはある日突然壊れてしまう。

その日、一緒に絵の授業を受けていた兄が冗談で『画家になりたい』と言った。すると父は怒り出し、『お前は王太子なのだからそんなことは許さない』と説教した。

好奇心に負けた私は、『僕も画家になりたい』と言った。そうすると父は少しだけ考え、『お前がそうしたいなら好きにしたらいい』と言った。

その時思ったのだ。私は兄の代替品でしかなく、私の将来は父にとってどうでもいい事柄なのだと。

言いようのない虚無感と絶望が私を襲った。

尊敬し、愛していたはずの兄が、どうしようもなく憎く妬ましく思えてならなかった。

それからの日々は地獄だった。

兄の陰に隠れ、何をやっても兄の方が褒められる。そのことに気付いてしまえば、劣等感は重く深く増大していった。

兄が褒め称《たた》えられる横で、私はただ立ち尽くし、何でもない顔をして耐えるしかなかった。

だからなのか。

自分と全く同じ境遇の甥《おい》を見て、その人生を滅茶苦茶にしてやりたいと思うほど無性に腹が立ったのは。

取り澄ました顔を、絶望に歪《ゆが》めてやりたいと思ったのは。

自らの手で何もかもを与えてやり、その上で一つずつ奪い取って苦しむ様を見たいと渇望《かつぼう》したのは。

全《すべ》ては、何一つ不満のないような顔をした甥が、最も忌《い》まわしい己《おのれ》の過去に重なって見えたからだったのかもしれない。

◇

王妃暗殺の報《しら》せを待っていたフロランタナ公爵は、王宮の騎士により捕らえられた。

「離せ！　私が何をしたというんだっ⁉」

「……正直に白状する気はないか」

引き摺《ず》り出された玉座の間で、国王であり甥であるレイモンド二世に問い掛けられ、公爵は歯を剝《む》き出しにした。

「何のことだ⁉　こんなことをして良いと思っているのか、レイモンド！」

「……フロランタナ公爵。いや、叔父《おじ》上。いい加減に観念して下さい。これが最後です。自ら罪を認めるなら、命だけは助けましょう」

甥の慈悲を、公爵は真っ向から破り捨てた。

「二番手の分際で！　所詮《しょせん》は兄の代替品でしかない分際で！　いい気になるなっっ‼」

溜息《ためいき》を吐いたレイモンドは、自慢の口髭《くちひげ》を乱して吠《ほ》える叔父に一言だけ投げ掛けた。

「…………それは、誰《だれ》の話ですか？」

目を見開いた公爵は、漸《ようや》くこの状況を認識した。レイモンドはもう、王太子であった亡き兄の代わりでもなければ、二番手でもない。紛《まご》うことなきこの国の国王で、公爵が握っていたはずの政権をその手に収め、国民からの支持も受けて誰よりも高みに立っている。

片や公爵は、未《いま》だに兄の亡霊に囚《とら》われ、権力も失くし、縛り上げられている。

二番手の代替品は、どちらなのか。論じるまでもない。


「昨日、王妃の乗った馬車が襲われた」

「……っ」

「それも私の目の前で。幸い王妃は無事だったが、その際に現行犯としてアルモンド卿《きょう》を捕らえた」

「……！」

公爵は、唇を噛《か》み締《し》めてレイモンドと目を合わせようとしなかった。

「アルモンド卿と、そして公爵夫人が証言した。此度《こたび》の王妃暗殺未遂、そして先王と王妃、王太子の暗殺。どちらも公爵、そなたの指示であったと」

「なっ……!?」

公爵は驚きに目を見開いた。絶対に裏切ることのないはずの二人が、まさか自分を裏切ったなど、到底信じられなかった。

「もしこれがそなたの所業であれば、先王崩御の際逆賊の汚名を着せられて粛清された国王派の貴族達は無実ということになる。その罪は更に重くなるであろう。証拠も揃《そろ》っている。シュリー」

「はい。陛下」

レイモンドの隣にやって来た王妃は、襲われたというのにピンピンしていた。傷一つなく、いつもの眩《まぶ》しい程の美貌と微笑《ほほえ》みで公爵を見下ろす。

「何から出しましょうかしら。まずこちらは、先王陛下暗殺の際に矢尻に塗られていた毒ですわ。今回私が乗った馬車の馬と、私や陛下を狙《ねら》った矢にも同様の毒が仕込まれておりました。こちらは王都の薬屋が上客のみに特別に調合したもの。毒を受け取ったのはアルモンド卿でしたが、薬屋の顧客リストに載っていたのはフロランタナ公爵のお名前でしたわ」

小瓶《こびん》を振ったシュリーは、続けて別のものを取り出した。

「それからこちら。公爵夫人よりお預かりした、釧《セン》の皇家から公爵家に届いた書状です。釧の皇女をアストラダム国王レイモンド二世に嫁がせるという内容が記されております」

釧の言葉で書かれた書状をヒラリと広げるシュリー。

「ですがおかしいのですわ。この書状が公爵家に届いたのは、先王陛下が崩御された翌日のこと。釧からの書状ですもの。どんなに速くとも届くまでに三ヶ月は掛かる手紙に、何故《なぜ》〝国王レイモンド二世〟の名が記されているのかしら。この書状が書かれた頃は先王陛下がご存命で、王太子殿下もいらっしゃったというのに。どう思われまして？」

「…………っ！」

「答えはこちらに。これは私が釧から持ち出した、釧の皇家に宛てたフロランタナ公爵直筆の手紙ですわ。ここには、『近々即位予定の国王レイモンド二世』の花嫁についての打診が書かれております。先王陛下がお亡くなりになる数ヶ月も前の手紙ですのに。まるで先王陛下と王太子が崩御し、レイモンド陛下が即位されるのを知っていたかのようですわね」

「ぐっ……！」

何も言い返せない公爵を見て、レイモンドは静かに告げた。

「これらの証拠、実行犯のアルモンド卿の証言により、王妃暗殺未遂と先王一家暗殺の罪でフロランタナ公爵家及びアルモンド侯爵家は取り潰《つぶ》しとする。そして主犯のフロランタナ公爵とアルモンド卿を斬首刑に処する。言い逃れはあるか、公爵」

「……何が、……だ？」

下を向いて震えながら。公爵は、何かを呟《つぶや》いた。

「なんだ？」

レイモンドが聞き返せば、公爵は顔を上げて血走らせた目で甥を睨《にら》みつけた。

「私とお前、何が違うというのだ⁉」

その声には底知れぬ憎悪が込められている。

「お前も私と同じ、優秀な兄の陰に隠れて惨《みじ》めな思いをしてきただろう⁉　涼しい顔をしていても私には分かった。私だけにはお見通しだった。兄を恨み親を憎みこの国を呪った、お前も私と同じなのだ！」

「………………」

レイモンドは、叫ぶ叔父をただ見つめていた。

「図星だろう！　だから何も言えぬのであろう⁉　お前は能力もなく取り柄もなく生き甲斐《がい》もない！　何一つ手にしていない無価値でつまらない男でしかない！」

力の限り喚《わめ》いて息を切らせた叔父を憐《あわ》れむわけでもなく。ジッと見下ろしながら、レイモンドは淡々と口を開いた。

「言いたいことはそれだけか」

「……ッ！」

これだけ罵《ののし》っても、まるで相手にされていない。レイモンドには何一つ響いていない。それどころか、公爵の言葉は他でもない公爵自身に返ってくるばかりだった。そのことに気付き、公爵はあまりの悔しさと怒りと惨めさに、血が出るほど強く拳《こぶし》を握り締めた。

「何故、私ばかりが損をするのだ？　王太子の座も与えられず、いつだって二番手で、後継ぎさえ出来損ないで……」

「……それは、病弱な息子の話か？」

「な、何故それを……っ」

レイモンドの言葉に、公爵は目に見えて狼狽《うろた》えた。公爵の子息、レイモンドの従弟《いとこ》は長年海外に留学していると思われていたが、実はそうではなかった。それは公爵にとって、恥ずべき秘密であった。

「私、医術にも多少の心得がございまして。それを領地に戻られていたフロランタナ公爵夫人にお伝えしたところ、是非《ぜひ》ご子息を診てほしいと懇願され、治療を施したのですわ」

前に出たシュリーが説明すると、公爵は愕然《がくぜん》とした。

「妻が息子を……他人に会わせただと？」

「ご子息の聴力は、鍼《はり》治療で多少であれば回復しますわよ」

「……何だと⁉」

生まれ付き体の弱かった公爵の息子は、健勝な兄の息子達とは違い外に出ることすらままならなかった。更には耳が悪く、真面《まとも》に言葉も話せない。そんな〝出来損ない〟で〝欠陥品〟の息子しか持てなかった自分が惨めで、公爵は余計に兄とその一家を恨んだ。

公爵夫人は社交界に積極的に参加しては華やかで派手な言動で周囲の目を引きつけた。それは息子を世間の冷たい目から守るためだったが。同じように政界で主導権を握った公爵は、ただただ恥ずべき欠陥品の息子を世間に晒《さら》さないために権力を求めた。それは自分の為だけの独《ひと》り善《よ》がりな行為だった。

「あ、あんな出来損ないの欠陥品は私の息子ではないっっ！」

「彼は出来損ないでも欠陥品でもありませんでしたわ。とても上手な絵を描かれておりましてよ。将来は画家になるのも良いかもしれませんわね」

「画家、だと……？」

公爵の頭に、仄暗《ほのぐら》く絶望した兄との記憶が蘇《よみがえ》る。冗談でも画家になるなんて言うことすら許されなかった兄と、好きにしろと放任された自分。

父の期待と、国王の地位と、完璧《かんぺき》な息子と、国民の信頼。全てを持つ兄が憎くて仕方なかった。その全てを奪い踏み躙《にじ》ろうとした結果が、取り巻き達から見放され、権力を奪われ、妻と腹心に裏切られ、何もかも失った屈辱の果ての処刑。

無様な姿で震える叔父を見て、レイモンドは静かに告げた。

「叔父上。私は……王妃に手出しをしなければ、あなたの罪を暴《あば》く気はなかった」

その言葉に目を見開いて顔を上げた公爵は、寄り添い合う国王と王妃を改めて見た。

思えば、レイモンドを貶《おとし》めようとしたことで王妃の怒りを買い、王妃を暗殺しようとしたことで国王の怒りを買った。公爵は手を出してはいけないものに手を出して破滅したのだ。

そして二人を強制的に婚姻させたのは、他でもない公爵自身。

今更ながら全てが自業自得であったと思い至った公爵は、絶叫しながら床を叩《たた》いた。

◇

フロランタナ公爵とアルモンドは、人望の厚かった先王一家暗殺及び、今や国の女神とまで謳《うた》われるセリカ王妃の暗殺未遂という重罪により、国民から尽きることのない罵倒を浴びながら刑を執行された。

両家とも取り潰しとなり、元公爵夫人と子息は貴族位を剝奪《はくだつ》されて平民へと降格されたが、シュリーの口添えにより命は助けられた。

シュリーの治療で僅《わず》かながら回復の兆《きざ》しがある公爵の息子は、まだ成人前ながらもその絵の腕を買われてマイスン工房の専属絵付け師として雇い入れられることになった。元公爵夫人も息子の補助をしながら孤児院で子供達の面倒を見ている。その姿はいつぞやのお茶会の時よりもずっと生き生きとしていた。

また、レイモンドは公爵の処刑を機に、議会での派閥制度を廃止した。派閥の概念を失くした議会では自由な議論が交わされるようになった。その中でもガレッティ侯爵とマドリーヌ伯爵、マクロン男爵は国王の側近として長年国家に貢献することになる。

セレスタウンは相変わらず賑《にぎ》やかで、シュリーが手掛けた商売はどれも莫大《ばくだい》な利益《りえき》を生み出し国中の景気が軒並み上昇し、職人達の活気溢《あふ》れる声が王宮まで届くかのようだった。

他にもシュリーは魔塔主のドラド・フィナンシェスと共に魔道具を使った新たな商売を画策中

だったりする。

シュリーが嫁いできてから数ヶ月ですっかり様変わりした国を見て、レイモンドは感慨深げに息を吐く。その隣には当然のようにシュリーが寄り添っていた。

この国も、そしてレイモンド自身も。この異邦人の王妃に救われた。搾取《さくしゅ》されるだけの人生を半ば諦《あきら》めて歩もうとしていたレイモンド。型破りなシュリーが壊してくれたその虚《うつ》ろな人生は、今や妻の瞳《ひとみ》のように輝きを放っている。

「シュリー。そなたの言う通りになったな」

「はて。どれのことでしょうかしら。あれもこれも、私が言って実現しなかったことなどありませんわ」

いつもの高慢で、そんなところが可愛《かわい》らしい妻を見て。レイモンドは目を細めた。

「そなたは本当に、私をこの国の真の国王にしてくれた」

今や誰もがレイモンドを国王と仰《あお》ぎ、見下す者も蔑《ないがし》ろにする者も誰一人いない。しかしシュリーは首を横に振った。

「…………陛下。それは違いますわ。陛下は最初から、紛《まご》うことなきこの国の国王でしたわ。公爵なんかとは全然違います。貴方様《あなた》は最初から、民を思い、政治を憂い、国を見ていらっしゃいました。私はそれを、ほんのちょっぴり分かり易く国民に見せ付けて差し上げただけですのよ」

「そうか」

どうにも自信家な妻に似てきたレイモンドは、たまにはシュリーのように己を誉《ほ》めてみるのも良いかもしれないと素直に思えた。

「そうです。私の旦那様は、世界一の殿方ですわ」

美しく気高く微笑む妻を見て。レイモンドは、体ごとシュリーに向き直る。

「そなたに伝えたいことがある」

「あらあら、まあまあ。そんなに改まって、何でございましょう」

真剣な顔をした夫を愛らしいと思いながら、シュリーはレイモンドに体を向けた。

シュリーとて、いい加減にレイモンドの自覚のない殺し文句には慣れてきたのだ。今更何を言われようとも負けはしない、とよく分からない闘争心を抱きながら、シュリーは夫の言葉を待った。

「その……あまり上手《うま》く伝えられないかもしれない」

「大丈夫ですわ。陛下のお言葉なら、どんなことも受け止めますことよ。遠慮せず仰《おっしゃ》って下さいな」

「そうか。では……」

ゴホン、と咳払《せきばら》いまでして、レイモンドは、かつてないほど真剣に妻を見つめて口を開いた。

「我愛你《ウォーアイニー》、雪麗《シュリー》」

その瞬間。ぽぽぽ、と音がする勢いで、シュリーの顔が朱色に染まる。

面と向かって言われたのは初めてな上に、シュリーの祖国の言葉での愛の告白。見事に撃沈したシュリーは両手で上気した顔を覆《おお》った。

「……ーーー～～ッ！　い、いったい、いつの間に釧の言葉を覚えられたのです……？」

顔を上げられないまま恨めしげに問えば、レイモンドは頬を掻《か》きながら答えた。

「そなたが忙しくしている間に、ランシンから手解《てほど》きを受けたのだ。私もそなたの母国語でそなたと話したいと思ってな」

レイモンドは妻の手を片方ずつ優しく剝《は》がすと、その赤面した顔を覗《のぞ》き込んで笑った。そうしてそのまま手を握りながら、妻の祖国の言葉で語り掛けた。

『シュリー。私の王妃。この先もずっと、死が二人を分かつまで。いや、その先の来世までも。私の片翼でいて欲しい』

「シャオレイ……」

「約束してくれるか？」

「……はい……」

完全にやられてしまったシュリーは、気の利《き》いた返しもできず、ただただ淑《しと》やかに頷《うなず》くしかなかった。それ以上言葉が出てこず、抱き寄せられるままに温かな夫の腕の中で与えられた幸せを噛み締める。

後に伝説にまでなる、何もかもが規格外のアストラダム王国国王レイモンド二世の妃、セリカ王妃。

異邦人であったその王妃は、愛する夫の前ではただの恥じらう乙女に成り下がってしまうような、可愛らしい娘だった。

◇

「それで、陛下。とても嬉しいのですが、ランシンに釧語の手解きを受けた、と仰いましたわね」

暫《しばら》く夫の腕の中で余韻《よいん》に浸っていたシュリーは、何故か急に不機嫌そうにレイモンドを見上げた。

「ん？　ああ、そうだが……」

妻が急に不機嫌になった理由が分からず困惑したレイモンドが首を傾《かし》げると、シュリーは唇を尖《とが》らせて見るからに拗《す》ねたような顔をする。

「それでしたら陛下は、ランシンに向けて何度、『我愛你』と言ったのですか？」

「は……？」

シュリーの言い出した言葉の意味が分からずポカンと口を開けるレイモンド。対するシュリーの瞳は、相変わらず黒曜石のように煌《きら》めいてはいるものの、その奥に燃えるような何かがあった。

「ランシンには発音が完璧になるまで、随分と付き合ってもらったが……」

ピクリ。それを聞いたシュリーが体中で反応する。

「つまり私のシャオレイは、ランシンに向けて何度も何度も『我愛你』と仰いましたのね？」

「いや、まあ、そうと言えばそうなるが」

「赦《ゆる》せませんわ」

両頬《ほお》をこれでもかと膨《ふく》らませたシュリーが、レイモンドにグイッと詰め寄る。

「これからは私が陛下に釧語をお教え致します。そして陛下はランシンへ言った分の何倍も、何百倍も、何万倍も、私に『我愛你』と言って下さいませ」

高慢で高飛車で勝ち気で嫉妬《しっと》深くいじらしい。珍しく微笑を引っ込めて唇を尖らせ続ける妻を、レイモンドは心の底から愛おしいと思った。

「そなたが望むだけ……たとえ望まなくとも、そうするつもりだ」

王妃が王妃なら、国王も国王である。二人の会話を少し離れたところから聞いていたランシンは、これから暫くの間はシュリーからネチネチと小言を言われるであろう日々を想像し、涼しい顔でそっと頭を抱えたのだった。

GAノベル

その王妃は異邦人
～東方妃婚姻譚～

2023年9月30日　初版第一刷発行

著者　sasasa

発行人　小川 淳

発行所　SBクリエイティブ株式会社
〒106-0032　東京都港区六本木2-4-5
03-5549-1201　03-5549-1167（編集）

装丁　AFTERGLOW

印刷・製本　中央精版印刷株式会社

ISBN978-4-8156-2009-7
Printed in Japan

ファンレター、作品のご感想をお待ちしております。

〒106-0032　東京都港区六本木 2-4-5
SBクリエイティブ株式会社
GA文庫編集部 気付

「sasasa 先生」係
「ゆき哉先生」係

本書に関するご意見・ご感想は
下のQRコードよりお寄せください。
※アクセスの際に発生する通信費等はご負担ください。

https://ga.sbcr.jp/

試読版は
こちら!

第16回 GA文庫大賞
GA文庫では10代～20代のライトノベル読者に向けた
魅力溢れるエンターテインメント作品を募集します！
物語が、華ひらく。
イラスト／風花風花
大賞賞金300万円＋コミカライズ確約！
◆募集内容◆
広義のエンターテインメント小説（ファンタジー、ラブコメ、学園など）で、日本語で書かれた未発表のオリジナル作品を募集します。希望者全員に評価シートを送付します。
※入賞作は当社にて刊行いたします　詳しくは募集要項をご確認下さい
リニューアルで選考課程を一新!!!
応募の詳細はGA文庫公式ホームページにて
https://ga.sbcr.jp/